L'EMPIRE CHAGRIN

L'EMPIRE CHAGRIN

Camille Bouchard

 Les éditions
Héritage inc.

Données de catalogage avant publication (Canada)

Bouchard, Camille, 1955 -

    L'empire chagrin

    (Collection Échos. Ado)

    ISBN 2-7625-6755-6

    I. Titre.   II. Collection.

PS8553.075E56 1991   jC843'.54   C91-096497-1
PS9553.075E56 1991
PZ23.B68Em 1991

Conception graphique et illustration de la couverture : Peter Pusztaï

Photocomposition : Deval-Studiolitho inc.

Dépôts légaux : 3e trimestre 1991
Bibliothèque nationale du Québec
Bibliothèque nationale du Canada

ISBN : 2-7625-6755-6   Imprimé au Canada

LES ÉDITIONS HÉRITAGE INC.
300, Arran, Saint-Lambert, Québec J4R 1K5
(514) 875-3027

À ISABELLE

à Dominic, Julie et Karine
à Gabriel, Richard et Michèle
à Julien
à Roxane

ET À NANCY

Préface

Qémaël a huit ans quand il échappe à une tentative d'assassinat. Son univers tranquille de petit terrien bascule brusquement dans l'horreur, et il est emmené sur une planète étrangère où, durant plusieurs années, on lui donne une éducation très spéciale dont il ne comprend pas bien les buts. Éloigné de celle qu'il aime, il se révolte et avec la complicité d'un de ses maîtres, parvient à la rejoindre. Mais sa liberté est illusoire. En fait, il est manipulé et trompé par les très puissants membres d'une secte religieuse, la Loge, qui lui proposent un marché de dupes : un petit bonheur tranquille contre l'assassinat d'un homme inconnu, situé dans le futur.

Mais il est écrit qu'il ne pourra pas échapper si facilement à son destin. Quand il apprend à quelle fonction on le destine, il se rebelle de toute son âme. Comment accepter le rôle qui a été programmé pour lui depuis bien avant sa naissance par le pouvoir politique, concentré entre les mains du Saint-Vivant, le plus puissant membre de l'Empire ? Le jeune homme passe par toute une gamme d'émotions : il vit les amours et les contradictions propres à son âge et sa révolte est à la mesure de ses rêves brisés. À travers lui, les puissances politiques et religieuses s'affrontent. C'est une âpre lutte pour le pouvoir qui le forcera à faire un choix puisqu'il est un des principaux protagonistes du drame.

Ce roman de Science-Fiction est passionnant et se lit d'une seule traite. Dans un environnement riche et étrange, les événements s'enchaînent sur un rythme accéléré, captivant le lecteur. L'éternel combat entre le Bien et le Mal est exploité de façon très subtile. Rien n'est tout à fait blanc ou tout à fait noir. Les «bons» doivent accepter de faire des compromis tandis que les «méchants» ne sont pas complètement dépourvus d'idéal. La complexité du pouvoir et le développement harmonieux de toute une planète exigent de la part de ceux qui en sont les maîtres, des sacrifices faits dans la souffrance et le doute. Pour être fidèles à leurs idéaux, ils devront s'oublier. C'est à ce prix que l'histoire glorifiera leur nom.

Avec ce deuxième roman de Science-Fiction qui est la suite de «DANS LES GRIFFES DE L'EMPIRE», Camille Bouchard s'impose d'ores et déjà, comme un des meilleurs auteurs du genre au Québec. Sophistiquée et très cohérente, la saga qu'il nous propose a aussi le mérite de remettre au goût du jour des valeurs immuables que l'on a souvent tendance à bouder un peu : fidélité, idéalisme, don de soi et soif d'harmonie.

Bonne lecture !   A.D.

PROLOGUE

Pour petit Qémaël, le crépuscule c'était cette bienfaisante fraîcheur qui, après la chaleur de l'après-midi, recouvrait le verger et la plaine; c'était le chant des grenouilles venu de l'étang et les premières étoiles perçant le ciel. Pour petit Qémaël, le crépuscule c'était aussi les chaises berceuses sur la véranda, le parfum des cheveux de Vanelle assise à ses côtés, mais surtout, c'était la voix profonde d'Oncle Barille et celle plus douce de Mabi. Deux voix qui racontaient au gré des humeurs et du temps qui passe, l'histoire et les légendes des époques lointaines...

Il y a de cela tant de générations que nul ne saurait plus dire en quel moment de l'Histoire, les Hommes avaient quitté Terre pour la toute première fois. Gonflés de la curiosité et de l'espoir des découvreurs, ils partirent à la recherche de mondes nouveaux. Rapidement, ils furent désenchantés et découvrirent que Terre était le seul lieu de l'univers où semblait s'être abritée la vie.

Déçus mais assoiffés de nouveauté, ils commencèrent à ensemencer une grande quantité de sphères stériles puis, cherchèrent à modifier les espèces vivantes déjà existantes. C'est ainsi qu'apparurent les premiers animarbres, les pierres-qui-roulent et la toute première génération d'êtres humains dépourvus d'agressivité. Les *Innommables*, ces animaux à corps humanoïde, firent aussi leur apparition. Il s'agissait des chiens, singes, lions, etc., que les hommes s'étaient plu à doter de cerveaux plus développés et de membres pouvant utiliser des outils. Leur intelligence était inférieure à celle des êtres humains mais l'ambition qui les habitait était, elle, sans mesure. Très bientôt, ils se regroupèrent pour renverser les gouvernements humains et prendre les rênes de l'univers. La Grande Révolte des Bêtes annonçait des générations de haine, de guerre et de souffrance pour toutes les espèces.

Les humains, pour la plupart sans agressivité, devinrent rapidement les grands perdants de ces conflits et, pendant des générations, connurent les pires sévices. Cette époque de l'Histoire, appelée la Période noire, fut celle des Humains devenus esclaves des Bêtes. Elle dura plus de deux mille ans.

Une génération avant l'année Zéro, dans une famille isolée dont les membres avaient conservé des sentiments agressifs, naquît Saint-Qébal, patron des combattants. C'est à cette époque également qu'apparut Saint-Vérati, le Rédempteur, Celui qui tira l'Armée des Anges du néant.

Les luttes fratricides entre les *Innommables* avaient déjà entamé leur puissance ; Saint-Vérati les extermina dans un embrasement de violence sans précédent. La reconquête de la liberté demanda toute une génération mais lorsque les armes se turent enfin et que l'univers retrouva le calme d'avant la Grande Révolte, il ne restait plus des *Innommables* qu'une cicatrice dans la mémoire humaine. Toujours hébétés devant les horreurs dont ils furent les victimes, les Hommes cherchèrent à comprendre pourquoi leurs espoirs pourtant nobles s'étaient ainsi transformés en tant de générations de souffrance.

...Pour petit Qémaël, le crépuscule, c'était la voix profonde d'Oncle Barille et celle plus douce de Mabi qui parlaient de reconstruction permanente et d'un Rédempteur qu'il fallait honorer. Mais pour petit Qémaël, le crépuscule c'était surtout le parfum des cheveux de Vanelle assise près de lui.

* * *

Ces événements sont décrits en détail
dans le roman
« LES GRIFFES DE L'EMPIRE »

PREMIÈRE ÉPOQUE

Chapitre I

Le cratère creusait le sol selon une pente accentuée jusqu'à une profondeur de 25 mètres. Du centre, de profonds sillons remontaient les versants, étirant le diamètre sur une distance au moins deux fois supérieure à la profondeur.

« Comme si une main géante avait arraché à la plaine une motte de terre. »

Drapé d'une épaisse toge sombre, le visage dissimulé derrière un masque énergétique, le Logeur Pourpre marchait le long du précipice. Derrière lui, deux autres Logeurs suivaient en silence, accompagnés de gardes du corps et de quelques techniciens nerveux.

« On ne distingue plus que quelques tiges et une partie de la base, songea-t-il. Même la masse imposante de l'accélérateur s'est volatilisée. »

Il arrêta son pas, les épaules plus voûtées qu'à l'accoutumée. D'un lent mouvement de tête de la droite vers la gauche, il chercha à capter de l'ensemble une vision panoramique.

— Comment cela a-t-il pu se produire ?

Même secouée par l'échec, sa voix accusait une autorité à laquelle il était difficile d'échapper. Son interrogation se voulait plus une réflexion à haute voix qu'une question, mais un Logeur à son côté ne put s'empêcher d'y répondre.

— Un retour de force, Votre Grandeur. L'énergie nécessaire a provoqué un déséquilibre entre notre univers et la dimension du Temps. Dès l'instant où les molécules du sujet ont commencé à se dissocier, une quantité égale d'énergie...

Sans même se retourner, le Logeur Pourpre leva une main à la hauteur de l'épaule, ce qui eut pour effet immédiat de faire taire son subalterne. L'attitude arrogante de ce dernier commençait à lui peser. « Trop jeune pour la Loge, songea-t-il. Trop jeune et trop ambitieux. »

— Frère Putreh, commença-t-il lentement, vous me rappellerez de tenir votre impétuosité responsable de cet échec lors de la prochaine séance de la Loge.

Il devina les dents se serrer derrière lui.

— Frère Putreh ?

— Je vous le rappellerai, Votre Grandeur.

Le second Logeur pointa un doigt sur le versant opposé du cratère.

— Qui sont ces gens, là-bas ?

Vopah, un technicien, s'avança timidement.

— Ce sont des employés du Centre, répondit-il, le visage secoué de tics nerveux. Certains indices nous laissent penser que les molécules du Voyageur ont échappé à l'explosion et se sont rematérialisées approximativement à cet endroit.

Le Logeur Pourpre tourna son visage masqué vers les membres du cortège. Pour les techniciens peu familiers à la présence des Frères de la Seconde Rédemption, chaque geste du Commandeur de la Loge prenait une dimension dramatique, et les gardes puissamment armés qui l'accompagnaient n'étaient pas sans ajouter à leur malaise.

— En ce cas, dit le Logeur, marchons dans leur direction. Peut-être apprendrons-nous des détails nouveaux. (Il se tourna vers Putreh.) Nous marcherons ensemble à quelques pas devant les autres, Frère. J'aimerais discuter avec vous.

Les membres du cortège laissèrent les deux hommes prendre une certaine avance sur eux, un seul garde du corps les accompagnant.

Un vent sec venu du sud balayait doucement la plaine, soulevant ici et là des volutes de sable.

La lumière brûlante de l'après-midi renvoyait du semi-désert une image floue et dansante, et les quelques bâtiments ayant échappé à l'explosion semblaient pareils à des bulles à la surface d'un liquide.

— Frère Putreh, commença le Commandeur de la Loge, rappelez-moi les préceptes de la Confrérie.

Putreh soupira silencieusement en jurant en son for intérieur. Il détestait ces échanges académiques où le Logeur Pourpre l'obligeait, tel un enfant stupide, à répéter sa leçon.

— *«Les Frères de la Seconde Rédemption aspirent à l'équilibre des Forces,* dit-il d'une voix retenue. *La politique seule ne saurait guider les races; il lui faut la lumière de la Religion. Il sera un temps où les lois côtoieront les Saints Commandements.* »

Il s'agissait d'un extrait parmi les plus connus d'un discours prononcé par le Fondateur de la Loge il y a des générations.

— Quels moyens utilise la Confrérie, Frère Putreh?

— *«Par l'Alliance et par la Force, ils vaincront les tenants sacrilèges d'un pouvoir païen.* »

— Je vois que vous avez maintenant compris. *«Par l'Alliance»* et non par l'initiative de quelques membres ambitieux, désireux de sauter les échelons.

— Votre Grandeur, je n'ai...

— Frère Putreh, je suis touché par vos remords et la punition exemplaire qui vous attend saura dissuader d'autres membres de la Confrérie de se risquer à des tentatives semblables à celle qui nous a donné cet échec.

Dans le pas du Frère, le Logeur Pourpre distingua une hésitation qui vint trahir l'impact qu'avait eu sa menace.

— Je suis prêt à accepter la rétrogradation que cette erreur mérite, dit Putreh d'une voix douce, admirablement bien contrôlée.

— Rétrogradation? Avec votre intelligence, vous remonteriez trop rapidement les échelons de la Loge, Frère Putreh. Je songeais plutôt à des représailles sur votre famille. Vos frères, par exemple, seront tous exécutés dès qu'une occasion se présentera.

Putreh sentit sa gorge s'assécher. Ses frères ! Ses frères qui lui étaient si chers. Ses plus fins complices dans ses projets ambitieux. Le Logeur Pourpre lui faisait comprendre d'une façon non équivoque qu'il ne tolérerait plus ses écarts de conduite.

Putreh avait l'impression que le sang avait cessé de couler dans ses veines. Il conserva à sa démarche la dignité qui seyait à son rang, tout en essayant de refouler au fond de lui la haine féroce qui l'opposait au Commandeur.

Les deux hommes poursuivirent leur route en

silence, toujours suivis des autres membres du cortège, jusqu'à parvenir enfin auprès du groupe occupé à fouiller les versants du cratère.

Dès leur approche, un homme armé d'outils hétéroclites embrassa la terre à leurs pieds.

— Vos Grandeurs, mes yeux ne méritent pas de se poser sur Vos Saintetés.

Le Logeur Pourpre eut pour lui un geste de bénédiction. Putreh fit signe à Vopah de prendre la parole à leur place, car l'ouvrier n'était pas digne d'entendre la voix sainte des Logeurs.

— Lève-toi, Noocum, dit Vopah en se penchant vers son compagnon. Leurs Grandeurs te permettent de lever les yeux et te prient de nous dire où en sont les résultats de vos recherches.

— Seigneurs, commença l'homme en gardant le visage contre terre, votre visite, déjà, apporte sur nous la Très Sainte Grâce de Dieu. Nous venons de découvrir le Voyageur.

À cette annonce, le Logeur Pourpre remarqua un discret redressement des épaules de Putreh.

— Où ça, Noocum? Montre-nous.

En prenant garde de ne pas porter le regard sur les Saintes Présences, l'ouvrier tourna la tête vers la pente derrière lui et désigna le groupe d'une dizaine d'hommes qui travaillaient sous ses ordres.

— Juste ici, Vos Grandeurs. Comme l'avaient prédit nos calculs.

— Est-ce… Comment est-il? Comment…

— Nous ignorons encore l'état du Seigneur Volbeï. Nous venons tout juste de repérer la carcasse; nous nous apprêtons à la tirer à l'air libre.

En quelques ordres brefs, Vopah invita les techniciens qui l'accompagnaient à prêter main-forte aux ouvriers de Noocum.

Armés de câbles et de poulies, ces dernirs improvisèrent un treuil manuel qui, une fois monté sur les débris de restes de charpente, prenait des airs de mante géante. Pendant un moment encore, ils s'affairèrent à extirper davantage de sable d'un trou creusé au milieu de la pente, puis entreprirent de tirer sur les câbles.

Pendant une longue attente où rien ne semblait venir, le Logeur Pourpre songea que, derrière sa façade impassible, Putreh devait avoir peine à contenir sa nervosité.

La coque noire du Voyageur apparut enfin. Sa surface lisse, parfaitement polie, renvoyait une image courbe du paysage et des hommes alentour.

Le Commandeur fut surpris de sa petitesse. « À peine suffisante pour y prendre place », songea-t-il.

Les techniciens s'empressèrent de l'extirper entièrement au grand jour et installèrent les dispositifs spéciaux en permettant l'ouverture.

Le Voyageur s'ouvrit tel un œuf qui éclôt.

Un homme au teint pâle, vêtu d'une combinaison moulante apparut alors, inconscient. Rapidement, une équipe de réanimation fut sur lui, bousculant un ou deux techniciens encore penchés sur le système d'ouverture.

Immobiles, les Logeurs observaient la scène. Trois infirmiers, munis de divers appareils, s'empressaient autour du corps en échangeant des informations rapides et en lançant autour d'eux des ordres tout aussi brefs.

L'homme s'éveilla brutalement, comme tiré d'un cauchemar. Se redressant sur son séant, il toussa fortement tout en jetant autour de lui un regard inquiet.

Quelques techniciens ne purent s'empêcher de laisser échapper un cri de victoire. L'incrédulité continuait à se lire dans les yeux du rescapé.

— Où suis-je? parvint-il à balbutier après un moment. À...À quelle époque sommes-nous?

— Vous êtes revenu, Seigneur Volbeï, dit Vopah à son côté, l'expression de son visage visiblement soulagée. Vous êtes revenu parmi nous.

— Vopah! Oh oui, maintenant je me souviens. (Volbeï chercha à se remettre sur pied.) Dieux des ancêtres, quel choc!

— Combien de temps avez-vous été parti? s'informa Noocum en aidant l'homme à s'appuyer sur son bras. Pour nous le voyage a duré deux jours.

— Je... J'ai été parti... Je ne sais pas. Pas long-temps. Une semaine, peut-être. Ou peut-être plus; je ne sais plus. (Il regarda Vopah et Noo-cum tour à tour dans les yeux.) Que s'est-il passé?

— Nos calculs sont à reconsidérer, débita rapidement Vopah en lorgnant vers les Logeurs au sommet de la pente. Il y a trop d'impondéra-bles. Dès que l'accélérateur a réussi à pousser le Voyageur à sa limite, c'est-à-dire proche de la vitesse de la lumière, et dès que les molécules de votre corps ont commencé à se dissocier sous l'effet de masse, l'énergie engagée à travers le Temps a provoqué une réaction en provenance de l'antimatière qui a entièrement détruit les ins-tallations.

Volbeï toussa de nouveau fortement.

— Tu as le don de dire les choses simplement, plaisanta-t-il sans songer à rire. (Il aperçut des gourdes à l'ombre d'une rocaille et s'adressa à un petit ouvrier, non loin.) Eh, toi! Apporte-moi l'eau qui est là-bas. (Il revint vers Vopah.) Y a-t-il eu des morts?

— Les cinq techniciens directement affectés à l'accélérateur. Les seuls qui devaient demeurer dans les bâtiments pendant l'opération.

Noocum désigna le haut de la pente sans oser lever le regard.

— Leurs Grandeurs aimeraient sûrement que vous montiez les rejoindre pour leur faire part de votre voyage, dit-il d'une voix basse.

Portant une main à ses yeux pour les protéger du soleil, Volbeï aperçut la silhouette des Logeurs se découper sur le fond clair du ciel.

— Le gros gratin s'est déplacé, murmura-t-il en reconnaissant la bure pourpre du Commandeur. Même mon petit frère a ses allures de prélat.

Aidé par deux ouvriers de forte taille, Volbeï entreprit de remonter le versant du cratère. Il se présenta devant le Logeur Pourpre en le saluant d'une génuflexion, le regard au sol.

— Relève-toi, Volbeï Armshtüng, dit ce dernier après s'être assuré que les techniciens non dignes se furent suffisamment éloignés pour ne pas entendre sa voix. Raconte-nous ton expérience.

Volbeï, encore affaibli, releva la tête mais préféra garder un genou au sol.

— Votre Grandeur, malgré sa brièveté, malgré son échec apparent, le voyage nous aura permis d'apprendre de grandes choses.

— Vraiment?

L'homme prit une longue inspiration afin d'entretenir un certain suspense chez le Commandeur et de donner à ses paroles un impact supplémentaire.

— Je ne peux dire à quelle époque exactement m'a transporté le Voyageur, mais certains indices m'ont laissé croire que je n'avais pas parcouru une bien grande distance dans l'avenir.

— En avez-vous quand même une vague idée?

— Une génération, peut-être. Deux au maximum.

— C'est bien faible, en effet.

— Par contre, Votre Grandeur, j'y ai glané des informations d'une grande importance et qui ne manqueront pas de vous surprendre.

Le Commandeur perçut un léger tic d'impatience chez Putreh, à son côté.

— Parlez.

— J'ai assisté au règne d'un nouvel empereur, dit-il un ton plus bas. Un empereur que le Saint-Vivant lui-même a présenté à l'univers comme l'héritier des âmes des anciens conquérants.

— Un autre fantoche, répliqua simplement Putreh.

— Pas celui-ci, Votre Grandeur, insista Volbeï à l'adresse de son frère. Pas celui-ci. J'ai eu l'occasion de rencontrer son regard; je n'y ai pas décelé la faiblesse que l'on trouve généralement chez les autres empereurs. J'ai été confronté à une expression farouche et froide, à une expression qui caractérise volontiers celui qui est prêt à utiliser la force pour parvenir à ses fins.

Le Logeur Pourpre se détourna légèrement pour s'assurer que les techniciens se tenaient trop loin pour avoir entendu les paroles de Volbeï.

— Voilà une affirmation fort embarrassante,

dit-il à l'adresse de ce dernier. Êtes-vous conscient de la gravité d'une telle déclaration ?

— Que le Créateur me foudroie si je mens à Votre Grandeur. D'ici deux générations au plus tard, l'univers sera sous la gouverne d'un empereur capable de commander à l'Armée des Anges et prêt à réduire à néant toute tentative de s'emparer du pouvoir.

Il y eut un nouveau moment de silence où le Commandeur parut réfléchir profondément. Ce Volbeï était bien capable de mentir pour sauver la face de son frère. D'un autre côté, si ses dires s'avéraient exacts...

Sa voix s'éleva, murmurante, sans qu'on puisse affirmer avec certitude s'il s'adressait à Volbeï, à Putreh ou à lui-même.

— Voilà qui justifierait le coût d'un nouvel accélérateur. Ces informations devraient facilement convaincre les Loges. Il devient donc urgent de poursuivre les travaux sur l'appareil nous permettant de lire l'avenir et de reprendre la construction de l'accélérateur qui nous permet, lui, d'y accéder.

Ignorant maintenant Volbeï toujours agenouillé à ses pieds, il se tourna vers Putreh.

— Le résultat de l'expérience rétablit partiellement votre faute, Frère Putreh. Il est évident, de toute façon, que votre initiative de déclencher l'opération avant l'approbation des Loges n'est pas la cause de la destruction de l'accélérateur. De plus, grâce aux informations recueillies par le Seigneur Volbeï, on ne peut parler que de demi-échec. Cependant... (Il regarda Volbeï, toujours agenouillé, puis revint vers Putreh.) Cependant, je crois qu'il faut maintenir les sanctions dont je vous parlais plus tôt afin de décourager toute autre initiative du genre, qu'elle vienne de vous ou d'un autre Logeur.

Putreh demeura silencieux, cherchant à faire le vide dans une certaine partie de sa mémoire, fuyant les souvenirs lui rappelant qu'il avait déjà vécu à l'intérieur d'une famille.

— Frère?

— Je n'oserais contrevenir aux décisions de Votre Grandeur.

Le Commandeur eut un sourire invisible. Il fit un signe secret à un garde du corps.

Ce dernier, un colosse, s'approcha de Volbeï et se pencha vers lui. Croyant qu'il lui venait en aide pour le remettre sur pied, l'homme tendit la main mais fut surpris de sentir un bras l'empoigner d'une façon brutale. Avant même qu'il ait le temps de songer à ce qui lui arrivait, une douleur intense s'attaqua à sa poitrine.

Une fraction de seconde avant que son esprit ne sombre dans le noir absolu, il sut que la lame d'un couteau venait de pénétrer son cœur.

*   *   *

Chapitre II

Qémaël fit quelques pas en direction de la fenêtre. La lumière trop forte de la plaine l'obligea à faire une grimace et, à travers ses cils, il ne distingua plus que la silhouette floue de quelques pommiers.

Près de lui, Mabi leva les yeux de son bouquin et sourit.

— Tu es beau lorsque tu grimaces ainsi, dit-elle.

Pour toute réplique, il effleura sa joue d'un faible baiser. Elle posa le livre sur ses genoux en prenant soin de marquer sa page d'un signet.

— Ce matin, Météo a dit qu'il fera beau.

— Je vais aller dans la plaine. Je n'ai pas tellement le goût d'étudier, aujourd'hui.

— Tu as rêvé ?

Chère Mabi. Elle lisait à l'intérieur du garçon comme dans son livre. Ce même bouquin qu'elle donnait l'impression de feuilleter depuis une éternité.

— Un peu. J'ai le goût d'être seul, de rêvasser.

— Vanelle viendra ce matin ; ne t'éloigne quand même pas trop.

En entendant le nom de sa cousine, Qémaël sentit les fibres de son être vibrer à une fréquence inhabituelle. Vanelle. Plus belle encore qu'un verger sous le soleil.

— Essaie de ne pas trop aller du côté de la rivière, reprit Mabi. Depuis quelques jours, il y circule des troupeaux de pierres-qui-roulent en route vers le nord. Certaines sont de bonne taille ; ce pourrait être dangereux.

Le garçon haussa les épaules. Il était rare de rencontrer des pierres-qui-roulent de « bonne taille » même en cette période de l'année. De toute manière, il lui était tellement facile de déjouer ces êtres sans intelligence qu'il ne chercha pas un seul instant à s'en inquiéter.

Grillons et sauterelles l'accueillirent alors qu'il s'engageait dans les hautes herbes. Il marcha pendant un moment jusqu'à ce que, entre deux pommiers rapprochés, il distingue brièvement la course maladroite d'un animarbre en fuite. Une pente légère le dissimulait à sa vue mais il savait qu'il pouvait encore le surprendre. Accélérant le pas dans la direction où l'animarbre avait disparu, il le vit soudain surgir à sa gauche. Un cerisier. Sa cime touffue, qui arborait un vert prononcé, était piquée ici et là des boursouflures verdâtres de ses fruits immatures. Dans un petit cri plaintif, l'animarbre reprit la fuite, malmenant tronc et branches qui laissaient échapper d'inquiétants craquements.

Qémaël renonça à engager la poursuite et observa la créature se fondre dans le décor du verger. Il attendit un moment que la plaine eût repris son aspect d'immuabilité et rechercha l'ombre d'un vieux pommier au pied duquel il s'assit.

À son côté, une racine laissait un coude proéminent crever la surface du sol. Il s'étonna. Il s'étonna de ce représentant du règne végétal qui tirait sa subsistance à partir d'un seul petit carré de terre alors que ses cousins animarbres, résolument nomades, parcouraient plaines et collines à la recherche des meilleurs sols et des rivières les plus fraîches.

Qémaël rapprocha cette image de celle des Hommes, prisonniers des *Innommables*, qui avaient réussi à reconquérir leur liberté. Ces pensées le troublèrent et il s'efforça de les chasser.

Au-dessus de sa tête, il aperçut la couleur rouge d'une pomme bien mûre qu'il décida de cueillir. À la force des bras, il parvint à se hisser sur la première branche pour, rapidement, grimper jusqu'à portée du fruit. Profitant de sa position, il observa la plaine alentour.

Sur sa droite, il apercevait la cicatrice étincelante du ruisseau qui traversait la plaine et se perdait au milieu du verger à l'endroit même où l'animarbre avait disparu un moment plus tôt. Tout au loin, il distinguait la maison avec le poulailler, l'étable et la clôture entourant le jardin.

Il plissa les yeux davantage, cherchant à identifier une forme oblongue, d'aspect métallique, dissimulée derrière un bosquet de merisiers près de la maison. Qu'était-ce donc? Une énorme pierre? Un véhicule abandonné? Ses souvenirs ne comportaient rien qu'il puisse associer à cette forme inconnue. Sans doute se serait-il limité à ces vagues réflexions s'il n'avait soudain aperçu la silhouette familière de Mabi sortir précipitamment de la maison pour courir en direction de l'étable. Par la porte demeurée entrouverte, un homme apparut à son tour. De cette distance, il sembla à Qémaël que l'inconnu portait une longue toge brune, son visage dissimulé dans l'ombre du capuchon.

Au milieu du bruissement des feuilles agitées par la brise, du clapotis de l'eau suivant le ruisseau, il crut distinguer la voix de Mabi. Le cri de Mabi.

Avant même que le garçon n'ait l'idée de sauter de son perchoir pour courir au-devant de sa tutrice, il vit l'homme brandir une arme. Un éclair en surgit pour atteindre la femme de plein fouet. Emportée dans sa course, celle-ci effectua une arabesque avant de s'écraser au sol en fauchant sur son passage des bacs remplis de fleurs.

— Mabi !

Le cri de Qémaël se serait voulu puissant et strident ; il s'étouffa à demi dans sa gorge.

Un second personnage apparut de derrière la maison. Tout comme son compagnon, il était vêtu d'une toge brune le recouvrant jusqu'aux chevilles. Pendant un moment, les deux hommes semblèrent échanger quelques mots puis, après avoir scruté les environs, s'engagèrent dans la plaine.

S'aplatissant le plus possible sur sa branche, Qémaël n'osa plus bouger. À travers les feuilles qui lui servaient de camouflage, il suivait la progression des deux hommes qui, étudiant minutieusement le sol humide du matin et le moindre brin d'herbe foulé, avançaient inexorablement dans sa direction.

Ses pensées se bousculaient dans sa tête en une véritable tornade.

Qui étaient ces hommes ? Que voulaient-ils ? Pourquoi avaient-ils tué Mabi ? Il sentait la peur le gagner à mesure que les hommes se rapprochaient de son perchoir.

— Il s'est étendu ici.

L'un des deux hommes désignait le pied du pommier.

— Où est-il maintenant ?

— Voyons quelle direction il a prise.

Le visage tourné vers le sol, ils scrutèrent les environs, visiblement étonnés de ne plus trouver la trace du garçon. Lorsque l'un d'eux songea à lever la tête vers la cime de l'arbre, Qémaël, déjà, avait choisi de passer à l'action.

Il s'abattit sur lui avec force, le projetant vers l'arrière et le renversant sur le sol. Avant même que l'homme ait eu le temps d'esquisser le moindre geste, Qémaël lui plantait dans l'œil la totalité d'une branche arrachée au pommier. Le cerveau atteint, l'inconnu mourut sans un souffle.

Son compagnon se retourna vivement mais ce ne fut que pour apercevoir Qémaël rouler sur lui-même, rebondir sur ses pieds et plonger dans un bouquet feuillu surplombant une pente. Il jura à haute voix en tirant un *uraniseur* de son ceinturon. En trois enjambées, il atteignit à son tour le bosquet où avait disparu le garçon et s'y engagea. Repoussant vivement branches et hautes herbes, il se fraya un chemin tant bien que mal, empêtré dans les pans de sa robe au milieu de la végétation dense. Lorsqu'il parvint enfin à émerger du bosquet, ce fut pour apercevoir Qémaël disparaître de nouveau, cette fois derrière une dénivellation quinze mètres plus loin.

Heurtant violemment une vieille souche en plongeant, le garçon ressentit une vive douleur à l'épaule. Sans prendre la peine de vérifier la gravité de sa blessure, il scruta rapidement les alentours pour déterminer la meilleure direction à prendre. Un mouvement furtif devant lui attira son attention. Ce rocher, de sa hauteur presque, lui avait semblé… Il avança d'un pas et aperçut les herbes écrasées qui traçaient un long sillon du pied de la dénivellation jusqu'au rocher.

Une pierre-qui-roule! Si l'étranger n'était pas familier avec le phénomène, il venait de trouver là un précieux allié.

S'emparant d'un caillou, il se plaça face à la pierre et lança son projectile. L'impact produisit un petit bruit sec. Aussitôt la pierre se mit en mouvement. Défiant toutes les lois naturelles, elle roulait en remontant la pente, fonçant dans la direction de Qémaël.

À l'instant où il allait être frappé, le garçon bondit de côté, dégageant le passage et laissant le rocher poursuivre son ascension dans la direction du poursuivant.

Ce dernier, qui arrivait en trombe, stoppa net sa course. Alors qu'il s'attendait à voir apparaître derrière le surplomb un enfant effrayé, il se trouvait soudain face à un rocher de cinq tonnes roulant vers lui à vive allure! Guidé par ses réflexes de guerrier, il brandit son *uraniseur* et tira un premier éclair. La puissance trop faible de son arme de poing entama à peine la masse de pierre qui rectifia sa trajectoire.

L'homme tira deux autres salves qui n'eurent à leur tour d'autre effet que d'attirer avec encore plus de précision le rocher sur lui. Il choisit alors de rebrousser chemin. Mais la pente qu'il lui fallait remonter rendait encore plus impénétrable le bosquet de feuillus qu'il venait de traverser. Le rocher, quant à lui, avait déjà atteint une vitesse appréciable.

Le craquement des os se mêla à celui des branches et la pierre-qui-roule creusa un profond sillon au cœur du bosquet. Aveugle, elle poursuivit sa course jusqu'à se perdre loin au-delà du verger.

Qémaël s'était tapi dans les hautes herbes et observait au loin la forme oblongue du vaisseau spatial flotter au-dessus de la maison. D'autres inconnus sans doute allaient se lancer à la recherche de leurs compagnons ; il lui fallait fuir. Le vaisseau exécuta un mouvement vers la gauche et pivota légèrement sur lui-même. Sans doute se préparait-il à survoler la plaine et Qémaël se camoufla davantage dans la végétation. Mais, contre toute attente, le véhicule prit de l'altitude, marquant d'un trait sombre sa course en direction du ciel. Il s'évanouit rapidement en ne laissant derrière lui que le calme champêtre d'une journée d'été.

* * *

Le soleil se cachait derrière la cime des collines. Dans une heure, l'obscurité serait telle qu'il ne resterait plus à Qémaël qu'à se blottir dans le creux de la grotte et à essayer de dormir. Il n'était plus question pour lui de retourner à la maison. D'autres inconnus pouvaient l'y attendre, le départ de l'astronef n'étant qu'un leurre l'invitant à se jeter dans le piège.

Ici, nul ne songerait à venir le chercher. Seuls Vanelle et lui connaissaient cette anfractuosité dans la paroi rocheuse surplombant la rivière. Ils l'avaient découverte au hasard de leurs jeux et de leurs promenades dans la plaine.

Assis à l'entrée de la grotte, les genoux ramenés sous son menton, le garçon observait sans le voir un groupe de framboisiers se déplacer le long de la rivière. Plongeant ici et là leurs racines dans le cours d'eau, les animarbres s'abreuvaient une dernière fois avant de se regrouper en bosquet pour passer la nuit.

Qémaël n'avait pas pleuré. Malgré la mort de Mabi, cette femme qui était pour lui sa mère et qu'il aimait par-dessus tout, Qémaël n'avait pas pleuré. Et Qémaël n'avait pas peur ! Bien qu'il sût qu'on en voulait à sa personne, que des tueurs le cherchaient pour des raisons dont il ignorait tout, le garçon ne ressentait pas le moindre soupçon de crainte. Voilà bien ce qui l'étonnait le plus.

Que se passait-il en lui ? Pourquoi cette absence de sentiments ? Qu'est-ce qui le poussait à répondre aussi froidement aux événements de la journée ? Et comment son esprit avait-il appris à réagir aussi vite au danger qu'il avait vécu ? D'où lui venaient ces réflexes combatifs qui lui avaient permis de tuer froidement un premier adversaire et d'improviser rapidement une situation mortelle pour le second ? Tous les enfants du monde réagissaient-ils avec autant de froideur et de rapidité en cas de danger ? Qémaël ne doutait pas que les réponses à ses questions se trouvaient bien loin de sa portée. Aussi préféra-t-il les écarter de ses pensées tant qu'il ne serait pas parvenu à échapper définitivement à ses poursuivants.

Comme priorité, essayer de dormir et de passer la nuit. Demain, dès que la lumière du jour lui permettrait de voir au-devant de lui, il lui faudrait traverser la rivière et atteindre le plus tôt possible la propriété d'oncle Barille où il pourrait obtenir de l'aide. D'ici là, plus rien ne devait...

Un mouvement sur sa gauche, au sommet de la pente qui donnait accès à la grotte. Rapidement, le garçon retraita dans l'anfractuosité de la roche, à la faveur de l'obscurité. De son antre, il pouvait observer le sentier naturel tracé sur la paroi rocheuse par où une petite masse s'avançait.

Alors qu'il venait de s'emparer d'un gourdin en guise d'arme, Qémaël reconnut la silhouette de Vanelle. Épuisée, la fillette trébuchait sans cesse, visiblement à la recherche, elle aussi, de leur cachette commune. Des sanglots la secouaient.

— Qémaël !

Elle criait son nom sans vraiment y croire, comme un leitmotiv. Le garçon bondit de sa cachette pour courir au-devant d'elle. En l'apercevant, elle pleura davantage. Son visage était barbouillé de larmes. Sa robe déchirée et ses genoux écorchés trahissaient la course folle qu'elle avait dû livrer à travers champs.

La ceignant à la taille, le garçon l'aida à atteindre la grotte.

— Vanelle ! dit-il une fois à l'intérieur. Que s'est-il passé ? Comment se fait-il que tu sois ici ?

— Oh, Qémaël, j'ai tellement peur. Je croyais qu'ils t'avaient tué toi aussi.

— Tu les as vus ?

— J'ai vu tante Mabi étendue sur le sol, ses grands yeux fixés sur le soleil.

— Tu as vu ceux qui l'ont tuée ?

— J'ai... J'ai vu des hommes dans la maison alors que j'arrivais. Je venais te chercher. Ils m'ont dit qu'ils ne savaient pas où tu étais. Alors, ils se sont mis à me questionner, ils voulaient savoir où tu étais allé. Moi, je ne savais rien. J'ai eu peur, je suis sortie. C'est là que j'ai aperçu tante Mabi.

— Et qu'est-ce qu'ils ont fait ?

— Je me suis mise à crier.

— Mais eux ? Qu'est-ce qu'ils ont fait ?

— Les hommes ? Ils sont sortis de la maison. Alors j'ai eu peur qu'ils me tuent moi aussi et je me suis enfuie vers le verger.

— Ils t'ont poursuivie ? Hein ? Est-ce qu'ils t'ont poursuivie ?

— Peut-être, au début. Je ne sais pas. J'avais

peur car je pensais qu'ils pouvaient t'avoir tué toi aussi. Ensuite, je me suis dit que si tu avais réussi à t'enfuir, probablement étais-tu venu te réfugier dans notre grotte secrète.

Qémaël bondit sur ses pieds.

— Il faut fuir d'ici.

— Mais... pourquoi? s'informa Vanelle alors que le garçon, brutalement, la forçait à se relever.

— Pas le temps d'expliquer. Il faut absolument que nous...

Qémaël se tut au milieu de sa phrase. Alors qu'il entraînait la fillette au dehors de la cachette, il aperçut trois vaisseaux immenses flotter silencieusement en face d'eux. Ceux-ci se transformèrent aussitôt en boules incandescentes qui illuminèrent la vallée comme en plein soleil.

Figé sur place, le garçon sut qu'il n'avait plus aucun moyen de s'échapper.

Du haut des airs, vêtus d'uniformes sombres, une dizaine de militaires descendaient lentement vers eux, portés par des ceintures *agraviton*. Sur le sentier d'accès, deux officiers aux décorations discrètes s'avançaient également en laissant pendre à leur ceinture la forme familière des *uraniseurs*.

— Tu es Qémaël Arinème?

Pour toute réponse, le garçon lança à l'officier un regard empli de défi.

— Nous avons ordre de t'emmener avec nous.

*   *   *

Chapitre III

Vérati avait abandonné le manteau de Commandement Suprême sur le bras d'un fauteuil. La chaleur moite qui prévalait en cette saison dans la capitale stildienne lui était devenue difficilement supportable.

S'assurant que le bouclier d'énergie avait été activé, il s'assit sur un petit banc près d'une fenêtre ouverte, recherchant la moindre brise fraîche.

— La climatisation ne fonctionne pas? s'informa-t-il.

— Ces appareils sont vétustes, répondit Naan dont le front perlait de sueur. Ils ne fournissent plus à la tâche depuis que nous avons ajouté des ailes à la forteresse.

Le Saint-Vivant eut une moue d'impuissance puis fit signe à Jorje, Officier Supérieur de l'Armée des Anges, de reprendre son exposé.

— Comme je vous le mentionnais, poursuivit ce dernier de sa voix froide, sur les huit dauphins répartis aux quatre coins de l'univers, un seul a réussi à échapper au carnage. Il s'agit de l'un des trois éléments que nous avions cachés sur Terre.

— Ils ont eu l'audace de défier nos lois en se rendant sur Terre? s'étonna Naan.

— Ils comptaient frapper très rapidement et repartir aussitôt. Ils ont bien failli réussir.

— A-t-on des preuves tangibles qu'il s'agissait de Prêtres de la Seconde Rédemption? demanda Vérati en s'éventant le visage à l'aide d'un feuillet.

— Nous avons identifié les deux cadavres que le dauphin avait laissés dans sa fuite.

Naan arbora un regard étonné.

— Deux cadavres? Mais... mais cet enfant n'a pas huit ans!

— Ainsi donc, commença Vérati, les Logeurs passent à l'action. C'est qu'ils se sentent suffisamment puissants ou... ou qu'ils craignent de manquer de temps devant nos projets. Je dois m'incliner devant l'efficacité de leurs services de renseignements.

— Nous avons pu remonter une bonne partie

de cette filière, ce qui nous a permis de déman-teler une branche importante du réseau. Trop tard, hélas, pour sept de nos huit expériences conjointes.

— L'important, répliqua Vérati dans un haus-sement d'épaules, est que l'expérience préservée donne des résultats positifs. Ainsi, il devient secondaire que les sept autres soient des échecs.

— Le coût de ces échecs sera difficile à justi-fier devant le Conseil des Votants, répliqua Naan d'une moue incrédule.

— Peut-être pas. En parlant de trahison et en citant les noms de ceux qui ont été inculpés dans le réseau de renseignements des Logeurs, il nous sera facile de faire accepter ces échecs. Les erreurs sont beaucoup moins difficiles à faire pardonner lorsque l'on peut pointer quelqu'un du doigt.

— Doit-on user de représailles contre l'orga-nisation des Prêtres de la Seconde Rédemption? s'informa Jorje de toute sa froideur d'androïde. Leur action armée contre des projets de l'Empire nous fournit une belle occasion de nous en pren-dre à cette organisation de rebelles.

— Surtout pas!

La réplique venait de la porte d'entrée. Les trois hommes se retournèrent pour apercevoir Shiivi dans sa robe de Votant. Celui-ci, comme à son habitude, entrait sans se faire annoncer, d'un pas rapide, caractéristique de sa grande nervosité. Il fit une brève génuflexion devant le

Saint-Vivant avant de se placer face à Jorje pour lui pointer un doigt à la hauteur du nez.

— Surtout pas de représailles contre les Logeurs. Tout d'abord parce que cela risque de nous attirer l'antipathie de la population, et ensuite parce que certains de nos secrets au sujet du *naïmb'am naïmbélé*, ou dauphin comme vous l'appelez, risquent d'être étalés au grand jour.

— Shiivi, fit Vérati en feignant un air sévère, je ne crois pas qu'on ait annoncé ton entrée.

— Votre Sainteté, répliqua aussitôt le Votant, j'ai cru deviner qu'il se tenait ici une réunion sans témoin du Conseil - à part Naan, bien sûr - et j'ai conclu que mon devoir était de me joindre à vous.

— Ton devoir ou ta curiosité? plaisanta Naan.

— Ceci n'est pas une réunion comme telle, reprit Vérati. Il s'agit d'une simple rencontre improvisée. Cependant, tu peux te joindre à nous si tu en acceptes le caractère privé et promets de ne rien divulguer de ce qu'on y discutera.

— Comme s'il s'agissait d'une réunion régulière du Conseil, promit le Votant.

— Soit. En ce cas, donne-nous ton opinion relative aux événements.

— Très simple, reprit Shiivi en semblant démontrer moins de nervosité. L'opération *Naïmb'am naïmbélé* est une opération secrète,

48

l'empereur lui-même ignorant tout. Il faut donc éviter le moindre geste qui risquerait de la dévoiler au grand public. Comme les Prêtres de la Seconde Rédemption savent que nous savons, l'opération est pour eux un échec. Ils vont donc craindre des représailles et, pour nous amadouer, seront probablement moins virulents dans leurs prochaines prédications contre le Régime. Ainsi, sur deux plans, nous évitons d'augmenter l'antipathie que nous portent les opposants de l'empire.

— Loin de moi l'envie de vouloir contester l'avis d'un membre du Conseil, répliqua Jorje avec toute la politesse à laquelle l'obligeaient ses circuits programmés, mais je conçois difficilement que la sécurité de l'empire repose sur la non-intervention contre un groupement adverse dont la politique évidente est de renverser le présent gouvernement.

— Parce qu'ils ont la sympathie du peuple, voilà pourquoi, tête de transistor !

— Shiivi, s'il te plaît, s'interposa Vérati. Il est inutile d'essayer d'insulter Jorje ; ses circuits ne répondent pas à ces formes d'attaque. Il est difficile pour lui de se faire une idée précise de la situation parce qu'à l'époque où il a été programmé, son rôle devait se limiter à conduire des armées au combat.

— Que Votre Sainteté me pardonne, répliqua Shiivi en venant s'asseoir dans un fauteuil près de Vérati. Je prends mon rôle à cœur, je m'emporte facilement. Surtout lorsqu'il est question de la sécurité de l'empire. (Il jeta un regard à Jorje demeuré impassible.) Et je ne parviens jamais à m'imaginer que ces Anges sont sans vie... sans âme véritable.

— Cela va changer, lança Naan dans un souffle moins convaincu qu'il ne l'aurait souhaité. Cela va changer avant la fin de la prochaine génération.

Vérati leva la main pour empêcher Naan de poursuivre plus loin sa pensée. D'un regard entendu, Shiivi acquiesça au geste du Saint-Vivant. Autant que possible, certains sujets ne devaient pas être abordés à haute voix. Vérati prit la parole d'un ton calme, en replaçant la conversation dans la direction qu'il souhaitait.

— Le dauphin survivant est maintenant sous notre protection ici même, sur Stilde. Jamais les Prêtres de la Seconde Rédemption n'oseront s'y attaquer. La première phase de son éducation impériale commencera un peu plus tôt qu'il n'était prévu, c'est tout. Il s'agit simplement d'espérer que parmi les huit *naïmb'am naïmbélé* appelés à concourir pour le poste de *naïmbalita*, empereur de tout l'univers, ce soit le meilleur qui ait survécu.

Naan fit quelques pas en direction de la fenêtre et contempla les murs de Balun, la capitale de Stilde. La tour abritant les appartements de Vérati offrait une vue magnifique des principales artères de la cité et des plaines verdoyantes qui la ceinturaient.

— J'ai toujours de la difficulté à comprendre, commença-t-il songeur, la nécessité d'asseoir un être puissant et agressif sur le trône de l'empire alors qu'un fantoche à notre solde parvient parfaitement à jouer ce rôle. Nous continuons à tirer toutes les ficelles et tant que le peuple vénérera Votre Sainteté...

— Le peuple me vénère, certes, coupa Vérati, parce que pour le moment nul n'a songé à s'attaquer à mon auréole. Mais quelqu'un finira par le faire. Peut-être les Logeurs, peut-être un autre mouvement, mais quelqu'un finira par le faire et notre pouvoir s'en trouvera d'autant diminué. Et puis... (Son regard devint soudainement lointain.) Et puis, contrairement à l'Armée des Anges, je ne suis pas immortel.

Naan se retourna dans un mouvement brusque.

— Mais Votre Sainteté peut vivre encore de nombreuses générations. Il lui suffit de suivre les traitements réguliers prodigués par nos hommes de science. Votre...

— Ce que semble craindre Naan, coupa Shiivi en lui lançant un regard de côté, serait l'instauration d'une dictature, le pouvoir entre les mains d'un seul homme.

— Nous sommes déjà une dictature, Shiivi, répliqua Vérati. Je suis celui qui régit tous les édits et toutes les lois. L'empereur ne fait que suivre les lignes que je lui dicte.

— Vous avez quand même des comptes à rendre à votre Conseil des Votants.

— Bof! Un Conseil choisi par mes soins et qui s'applique à garder le peuple dans l'ignorance.

— Gouverner, c'est souvent mentir.

— Et le premier mensonge est de nous faire croire que nous gérons au mieux les intérêts du peuple.

— Aurait-il mieux valu, avança Naan, songer à l'instauration d'une démocratie semblable à ces politiques du peuple qui étaient si populaires à l'époque des antiques civilisations?

— Plus aujourd'hui. N'oubliez pas qu'à ces lointaines époques, tous les êtres humains étaient agressifs. L'agressivité, tout comme la créativité, est nécessaire à la prise de décisions politiques. Les choix comportent généralement des antagonismes venus de mouvements opposés, et celui qui prend la décision doit faire preuve d'autorité et d'assurance autant que de bonne foi. Les humains ne possèdent plus l'agressivité nécessaire pour vivre en démocratie; des gouvernants agressifs et créatifs doivent choisir pour eux.

— L'agressivité est un sentiment qui revient peu à peu chez les êtres humains. On parle d'une augmentation de deux à trois pour cent par génération.

— On y repensera alors dans cinquante générations. D'ici là, il nous faut une solution pour préserver à notre empire le fragile équilibre qui le maintient entier. Il faut éviter qu'il tombe entre les mains d'usurpateurs qui ne songeront qu'à leur profit au détriment des intérêts du peuple.

— Comme les Prêtres de la Seconde Rédemption, par exemple, avança Shiivi.

— Entre autres. C'est pourquoi le projet relatif au dauphin est si important. Il permettra d'instaurer un gouvernement reposant sur les épaules d'un seul homme, mais dont les décisions seront toujours prises dans l'intérêt de ceux qu'il gouvernera. Ce serait là une entreprise hasardeuse avec un empereur humain moyen mais le *naïmb'am naïmbélé*, l'empereur-héritier-du-trône, n'est pas un humain comme les autres.

*   *   *

Naan et Shiivi avaient quitté Vérati pour retourner à leurs obligations, laissant le Saint-Vivant seul en compagnie de Jorje. Retranché dans un coin sombre de l'immense pièce, l'androïde n'était plus qu'une partie du décor, discret et silencieux, prêt à répondre si on l'appelait, prêt à frapper si on attaquait. Pour Vérati, il ne s'agissait pas là de la meilleure compagnie. Pourtant, dans ses moments de trop profonde solitude, il se surprenait à confier à l'androïde ses angoisses ou ses espoirs.

Une légère brise venue de la fenêtre caressa son visage, calmant un peu les souvenirs qui cherchaient de nouveau à le tourmenter. Devant son miroir, il suivit, du bout de l'index, la ligne qui se creusait entre les voiles des narines et la commissure des lèvres. Quelques nouvelles rides apparaissaient sous les yeux, accentuant davantage l'effet de poche. Le doigt caressa l'enchevêtrement de petites lignes qui embrouillaient le rebord des paupières et s'attarda aussi sur les sillons parallèles qui marquaient le front. Il s'arrêta un moment sous la racine du nez qui, déjà long, paraissait vouloir s'étirer davantage, comme pour rejoindre le menton. La longue tignasse noire encadrant son visage donnait à celui-ci un aspect encore plus étroit qui convenait parfaitement à sa silhouette longiligne. L'image devant lui était vieille de près de douze générations; voilà qui ne pouvait qu'alimenter les rumeurs voulant que le Saint-Vivant soit immortel.

Soupirant, il se détourna du miroir pour prendre entre ses mains le manteau de Commandeur. Sous l'hermine, était tracée de fils d'or et d'argent une silhouette humaine dont les bras s'élevaient au firmament et autour de laquelle tournait l'univers. Ce symbole représentait ce que Vérati chérissait le plus au monde : l'humanité.

Il s'avança vers Jorje en tenant le manteau devant lui.

— Ce manteau représente le Pouvoir Suprême, Jorje. Nul n'a le droit de le porter s'il ne possède l'autorité pour commander l'Armée des Anges. Un jour, je le placerai sur les épaules de quelqu'un d'autre, sur les épaules de celui qui saura poursuivre la destinée triomphante de l'empire.

— Je saurai lui vouer la même fidélité que celle que j'accorde à Votre Sainteté.

Vérati eut un sourire triste en se détournant de l'androïde.

— Il sera fort physiquement et mentalement. Il n'aura pas à lutter contre les spectres de ses souvenirs. Pour lui ne comptera que l'univers. Sans plus de cris, sans plus de chaos. Le bonheur de vivre et de découvrir, tous ensemble, ce que le Créateur attend de nous.

Vérati feignit d'oublier que ce rêve habitait l'esprit des Hommes depuis des temps immémoriaux et que nul n'était parvenu à le réaliser. Il se retourna vers la fenêtre où le soir allumait les premières lumières de Balun.

— La guerre a été dure, Jorje, et la reconstruction est longue. Les seuls ennemis qui nous restent sont des hommes, comme nous. Des hommes qui possèdent la mémoire commune à tous les autres hommes et la souvenance d'avoir souffert en leur compagnie. (Il hocha la tête.) Des hommes cupides qui nous obligent à tuer et à mettre sur le trône de l'univers un être agressif et violent.

Jorje fit un pas vers Vérati puis arrêta son mouvement. Son esprit d'androïde avait de la difficulté à saisir toute la subtilité des émotions qui transparaissaient dans la voix du Commandeur Suprême.

— Je comprends votre contrariété, dit-il simplement.

Et il se tut, sachant bien qu'il n'avait rien compris, comme il ne saisissait pas pourquoi, de plus en plus fréquemment, Vérati, ainsi appuyé à sa fenêtre, pleurait durant des heures.

*　　*　　*

Chapitre IV

Iurico, l'épouse de l'empereur Lin Sung Lan, ne dégageait pas l'aura de beauté que l'on trouvait généralement chez les femmes de Terre. Bien qu'elle ne fût pas vraiment laide, ses traits ne possédaient ni la douceur ni la finesse si caractéristiques des terriennes. Peut-être ses lèvres n'étaient-elles pas suffisamment gourmandes, ou ses yeux étaient-ils trop bridés... Pourtant, malgré cette absence de beauté toute faite, Iurico possédait un charme qui lui était propre; un attrait indéfinissable venant peut-être de son parfait maintien, de cette élégance noble et innée qui l'habitait, bien qu'elle fût d'une humble lignée. Et, en des jours comme celui-ci, où elle s'était vêtue d'une robe des plus somptueuses, où on l'avait parée des bijoux les plus précieux, l'épouse de l'empereur resplendissait comme la neige éternelle sur la cime des montagnes.

Sous l'œil attentif d'une habilleuse, Iurico replaçait une collerette en songeant à la fierté que lui procurait cet enfant qu'elle portait et qui, succédant à son père, deviendrait *naïmbalita*, empereur de l'univers. Elle sourit à son bonheur et son visage n'en parut que plus beau.

Les souvenirs des jours récents remontaient à sa mémoire et elle se revoyait en compagnie des généticiens à la solde du Saint-Vivant. Ceux-ci, après avoir modifié le bagage génétique de ses ovules et manipulé la semence de l'empereur, avaient introduit dans son sein la cellule de l'enfant dont elle accoucherait. Ces hommes de science avaient façonné l'être idéal devant monter sur le trône de l'empire. Malgré ces manipulations qui pourraient paraître sacrilèges aux yeux du peuple, l'enfant qu'elle portait n'en était pas moins la symbiose entre ses chromosomes et ceux de son époux. Elle savait en être la mère à part entière et cette certitude ne pouvait que lui procurer le plus grand des bonheurs.

Et voilà qu'elle se préparait à annoncer en grandes pompes, à tous les Seigneurs qui gèrent les Mondes de l'empire, la venue prochaine du premier descendant impérial.

— Allez-vous porter la broche, Votre Noblesse ?

Iurico tourna un regard distrait vers l'habilleuse. Celle-ci exhibait un bijou de taille moyenne représentant une émeraude de terre encastrée dans une moulure dorée et sertie de diamants de Stilde.

— Oh, bien sûr, répondit la femme. Peux-tu la placer toi-même?

L'habilleuse, une jeune Stildienne au teint pâle, s'empressa de s'exécuter et piqua la broche dans le chignon de sa maîtresse. Devant le miroir, Iurico s'exposa sous divers angles pour juger de l'effet produit par le bijou dans ses cheveux. Puis, enfilant les longs gants de dentelle qui recouvraient ses bras jusqu'aux coudes, elle se dirigea à l'autre bout de la pièce où se tenait une femme. Celle-ci, dont les traits usés trahissaient un âge avancé, réparait quelques pièces de vêtements, assise sur un tabouret d'ébène.

Pivotant sur un talon, Iurico fit voleter le bas de sa robe, dévoilant ainsi la parfaite symétrie des plis qui se succédaient l'un à l'autre comme les cercles d'un remous sur l'eau.

— Alors, Mahomée? Comment me trouves-tu?

— Belle comme savent être belles les femmes de Terre, répondit la femme de sa voix fatiguée.

— Ah, quel grand jour!

Elle pivota de nouveau et se trouva face à Lin Sung Lan qui venait de pénétrer dans la pièce.

— Lin! Mon époux! Comment me trouves-tu?

— Bien, répondit celui-ci sans enthousiasme.

— Bien ? Sans plus ? (Elle remarqua son regard soucieux.) Lin, que se passe-t-il ? Quelque chose te tracasse ?

Il s'empressa de sourire, évitant d'alarmer sa compagne.

— Mais rien du tout. Je suis simplement nerveux. Tous ces préparatifs de festivités me mettent dans un état !

Elle fronça légèrement un sourcil en lorgnant vers les vêtements bleus et blancs de notable qu'il portait.

— Tu n'es pas encore habillé pour le rituel ? Il faut te presser ; nos invités se feront bientôt annoncer.

Lin Sung Lan passa une main rapide sur son front.

— Tu as raison. Je...

Une expression soucieuse traversa de nouveau son regard.

— Lin, que se passe-t-il ? Qu'est-ce qui ne va pas ?

L'empereur mordilla ses lèvres, cherchant les mots. Il entraîna son épouse un peu à l'écart afin que les servantes n'entendent pas ses confidences.

— Iuri, je quitte à l'instant un représentant du Conseil des Votants. Nous devons modifier quelque peu l'annonce que nous prononcerons devant les dignitaires de l'empire.

— Modifier ? Dans quel sens, modifier ?

— Dans le sens de... En ce sens que tu ne portes pas en toi le futur empereur.

Le visage de Iurico devint confus, comme si de nombreuses impressions voulaient s'exprimer en même temps.

— Mais je... Mais c'est impossible, Lin. Je le sens en moi. Je sens en moi un être nouveau qui se développe et qui demandera à naître.

— Je sais. Ce n'est pas ce que je veux dire. Ce qu'on m'a demandé d'annoncer c'est que tu mettras au monde un enfant, comme il a été prévu, mais que cet enfant sera... une fille.

— Une... fille ?

— Oui. Une fille dont la beauté, la grâce et l'esprit feront l'admiration de tous les gens du peuple.

Les yeux de Iurico s'étaient soudain rembrunis. Pourquoi les généticiens du Saint-Vivant s'étaient-ils tant préoccupés de son enfant si ce n'était pas pour l'asseoir sur le trône ?

— Une fille, répéta-t-elle comme pour chercher à s'en convaincre.

— Ils disent qu'elle fera notre joie et celle de toute la cour tant ses qualités seront grandes. Que ses principes de justice et d'égalité la rendront populaire et que le peuple la vénérera. Ils disent que l'empereur l'aimera tant et tant que, sans elle, il ne saurait plus régner. Ils disent...

Lin Sung Lan ouvrit les bras pour inviter Iurico à venir se blottir contre lui, mais son étreinte ressemblait plutôt à celle d'un être qui s'accroche pour ne pas tomber. Ses yeux s'embuèrent et sa voix ne devint plus qu'un murmure étouffé.

— Oh, par le Créateur! Qui donc veut-on asseoir sur le trône à ma place?

* * *

DEUXIÈME ÉPOQUE

Chapitre V

À cette période de l'année, juste avant la mousson, la rivière Yamuna n'était plus qu'un mince filet d'eau séparant deux longues bandes de terre aride. Des touffes de végétation hirsute apparaissaient bien à quelque distance, mais ce n'était que pour rappeler les limites des rives du cours d'eau lorsque celui-ci coulait au plus fort de son débit.

Adossé contre le tronc d'un arbre sans feuilles, Qémaël, les genoux ramenés sous son menton dans une position qui lui était typique, observait un groupe d'oiseaux marins se disputer le monopole d'une flaque d'eau isolée. Près de lui, Jovan, un homme dans la jeune trentaine, originaire d'Alpharoméris, exécutait quelques exercices d'assouplissement. Professeur de langues étrangères, celui-ci était d'allure athlétique et ressemblait davantage à un entraîneur de combat. Il effectuait quelques flexions des jambes lorsqu'il aperçut un certain nombre de cailloux de la grosseur du poing exécuter des rondes aux abords de l'eau.

— Ho! Qémaël!

Le garçon tourna les yeux.

— Il y a des pierres-qui-roulent, là-bas. Ça te dirait, une partie de *saute-eau*?

Qémaël se leva aussitôt. Ses vêtements légers laissaient apparaître les formes déjà rebondies de ses muscles de dix-sept ans.

— C'est une revanche que tu veux?

— Je finirai bien par te battre, plaisanta Jovan.

En riant, l'homme et le garçon s'emparèrent de petits cailloux qu'ils lancèrent en direction des pierres-qui-roulent. Selon l'angle et la force avec lesquels ces dernières étaient frappées, elles se dispersaient en roulant à des distances variables. Qémaël eût tôt fait d'obliger toutes celles qu'il visait à se déplacer en direction du cours d'eau et à disparaître dans l'onde.

— Sale petit terrien, tu m'as encore battu! lança Jovan dans une mimique faussement outrée.

— C'est ton âge, plaisanta Qémaël dont la stature se rapprochait déjà de celle de l'homme. Ta vue est devenue si basse que tu ne vois plus où tu lances.

Il y eut une brève bousculade amusée puis Jovan, d'un bras, attira Qémaël contre lui; étreinte virile que donnent les Alpharoméris à ceux qu'ils respectent.

— Tu as un don incroyable pour manipuler les pierres-qui-roulent, dit Jovan. Je n'ai jamais vu une telle adresse.

— Mon talent d'artilleur dépasse mon talent pour les langues, pas vrai?

Jovan rit en entraînant avec lui le garçon vers les bâtiments qui se dressaient à l'horizon, au pied des collines.

— Non, tu n'es pas si mauvais élève. Je crois même que tu apprends à un rythme relativement rapide. D'ailleurs, tous tes professeurs des autres disciplines, tant physiques qu'intellectuelles, sont de mon avis. Tu es un élève assez exceptionnel.

Qémaël repoussa de la main une mèche de ses longs cheveux noirs que la brise chaude venue du désert s'obstinait à lui souffler au visage.

— C'est pour ça que je suis cantonné ici, pour ne pas dire prisonnier, dans ce coin perdu de Stilde?

Jovan ne répondit rien.

— Regarde là-bas, reprit Qémaël. Tu reconnais la silhouette de Vahh? Regarde-le courir à notre rencontre. Tu vas y goûter une fois de plus. « Comment se fait-il que tu te sois encore autant éloigné avec le garçon ? Tu ne respectes donc jamais les consignes de sécurité ? » (Qémaël stoppa le pas de Jovan pour le regarder dans les yeux.) Qui suis-je, Jovan ? Pourquoi m'a-t-on arraché à mon monde pour me donner ici, retiré de tout, une éducation privilégiée, un enseignement supérieur ? Quel rôle quelqu'un dont j'ignore tout espère-t-il me faire jouer contre mon gré ?

Jovan maintenait son regard dans celui du garçon, mais demeurait obstinément muet.

— Qui suis-je, Jovan ?

L'homme remarqua une autorité plus farouche dans la voix de Qémaël. L'expression de son visage également était devenue plus sévère à mesure qu'une maturité précoce s'était installée en lui. Il était peut-être temps de passer à l'action.

— À quand remonte ta dernière rencontre avec Vanelle ? demanda Jovan.

Le regard de Qémaël sombra à demi dans un éclat triste.

— Pourquoi me parles-tu de ma cousine, tout à coup ?

— Parce que tu m'as déjà confié ton grand amour pour elle et que je veux être certain que celui-ci brûle toujours en toi.

D'un rapide coup d'œil, Qémaël s'assura que la distance les séparant de Vahh empêchait celui-ci d'entendre.

— Bien sûr qu'elle demeure la fille que j'aime, mais je ne l'ai pas vue depuis la mort d'oncle Barille, l'an dernier. Nos rencontres d'ailleurs ont toujours eu lieu lors des visites de mon oncle. C'est elle, je crois, qui insistait pour venir sur Stilde. Depuis le deuil, elle a quitté Terre pour vivre au Conservatoire de danse classique sur Chore. Il ne lui est plus permis que de m'écrire deux ou trois fois l'an.

— Tu serais prêt à fuir en sa compagnie pour aller vivre sur un monde perdu en dehors de l'empire?

Le visage de Qémaël se figea dans une expression étonnée, les sourcils à demi froncés.

— Que... Pourquoi me demandes-tu ça?

— Comment se fait-il que tu te sois autant éloigné avec le garçon? lança la voix aiguë de Vahh qui arrivait à leur hauteur. Tu vas perdre ton poste, Jovan, tu entends? Je vais te congédier!

— Tiens, une variante! lança Jovan dans un sourire et en reprenant la marche en direction des bâtiments.

— Tu ne respectes jamais les consignes de sécurité.

— Jovan.

Qémaël avait posé une main sur l'épaule de son professeur, sans se préoccuper de Vahh qui gesticulait auprès d'eux.

— Pourquoi m'as-tu demandé cela?

— Fais-moi simplement confiance, répondit Jovan dans une langue que Vahh ne pouvait traduire. Ta soif de liberté sera bientôt assouvie.

*   *   *

Chapitre VI

Dans l'hémisphère boisé de Chore, du côté des montagnes, le soleil se couchait. Une brise légère soufflait les vagues chaudes de l'après-midi, promenant avec elle le parfum des bois et des champs. Le ciel se parait de mauve et de violet en zébrant quelques cimes d'une teinte orangée comme pour laisser un souvenir précaire du jour qui s'achevait.

Vanelle n'était pas insensible au charme du crépuscule. Il lui rappelait Terre et les soirs nostalgiques de son adolescence. Dissimulée derrière un arbre du parc, elle attendait. Ses grands yeux bruns et son petit nez piqué de taches de rousseur lui donnaient, malgré ses dix-sept ans, un air enfantin. Ses mains qu'elle frottait continuellement l'une contre l'autre trahissaient sa grande nervosité et il lui semblait que son cœur battait si fort qu'il devait s'entendre à des mètres à la ronde.

Régulièrement, elle jetait un regard en direction des fenêtres illuminées, craignant qu'une responsable ne découvre son absence et que l'on ne se mette à la rechercher à l'extérieur. Mais l'espoir qu'elle nourrissait étouffait sa peur et elle demeurait cachée, prête à tout risquer, afin de s'évader de cette vie de recluse pour fuir en compagnie de l'homme qu'elle aimait.

Tard dans l'après-midi, elle ignorait de quelle façon, un commissionnaire était parvenu à glisser une note dans sa chambre. Elle avait immédiatement reconnu l'écriture de Qémaël qui, dans son style personnel, l'invitait à fuir en sa compagnie vers un monde lointain. Bien que l'exécution du plan fût prévue pour le soir même, elle n'avait pas eu besoin de plus de temps pour prendre sa décision. Facilement, elle était parvenue à déjouer les surveillantes pour sortir de la résidence et venir se cacher ici, à l'endroit où un *subdistanciel*, dérobé par Qémaël, viendrait la chercher.

À l'heure prévue, alors que le soleil avait complètement disparu derrière les montagnes, un point lumineux apparut au firmament. D'abord pareil à une étoile, le point se déplaçait lentement jusqu'à ce que, présentant une forme profilée, il accélère soudain pour amorcer sa descente.

Après un ballet improvisé, il finit par stabiliser

sa course et se poser silencieusement dans un mouvement impeccable au beau milieu du parc, à quelques mètres seulement de l'endroit où était dissimulée Vanelle.

Le cœur battant à tout rompre, la jeune fille se précipita vers la nef. Regardant droit devant elle, elle sembla se refuser à tourner les yeux une dernière fois vers le Conservatoire, ne fût-ce que pour s'assurer que personne n'était témoin de sa fuite. Elle pénétra tête baissée dans l'ouverture qui venait d'apparaître sur le flanc de l'appareil, et ce n'est que lorsque la porte se fut refermée derrière elle qu'elle se demanda si elle ne venait pas de plonger tête première dans un traquenard. L'apparition de Qémaël à son côté fit taire aussitôt ce début de soupçon.

Sans un mot, les deux jeunes gens tombèrent dans les bras l'un de l'autre, savourant, la gorge serrée, ce moment d'émotion. Mais l'étreinte fut brève. Qémaël repoussa Vanelle avec une poigne à la fois forte et tendre.

— Viens vite, dit-il, en l'entraînant dans un couloir illuminé de voyants. Nous devons prendre place dans les fauteuils. Le *subdistanciel* va repartir.

Vanelle, encore essoufflée par sa course, eut à peine le temps de s'asseoir que déjà Qémaël ordonnait à la nef de reprendre son envol. Il y eut une sensation de montée, quelques légères vibrations puis, après un moment d'intenses activités facilement reconnaissables sur les voyants du tableau de bord, le déplacement du vaisseau devint imperceptible. Il venait de plonger dans la subdistance.

Assis l'un en face de l'autre, les mains encore crispées sur leur fauteuil, les deux jeunes gens riaient. Moins d'amusement que de nervosité, moins de bonheur que d'espoir étouffé. Qémaël renversa la tête en arrière et sentit son cœur devenir incroyablement léger, incroyablement... libre. Une sensation qu'il n'avait plus connue depuis cet étrange matin d'il y a dix ans.

— Nous sommes libres, Vanelle, tu te rends compte ? Nous sommes libres !

Dans le sourire de la jeune fille se devinait encore un peu d'inquiétude mais, surtout, un bonheur intense. Qémaël se leva pour se rapprocher d'elle.

— Mais ce qu'il y a de merveilleux, poursuivit-il, c'est que nous sommes libres *ensemble*.

Elle se leva à son tour et les deux jeunes gens s'enlacèrent de nouveau. Ils demeurèrent ainsi un moment, chacun respirant l'odeur de l'autre, leurs deux cœurs cherchant à battre au même rythme. Pourtant, malgré cet instant d'émotion profonde, ils n'osèrent pas encore s'unir dans un baiser.

— Qémaël, dis-moi, s'informa Vanelle après un moment, comment es-tu parvenu à dérober cette nef ?

Le garçon fit asseoir sa compagne auprès de lui et reprit le visage sévère qu'il arborait généralement.

— C'est un professeur à moi du nom de Jovan qui m'a facilité la tâche. Ce *subdistanciel* appartient à la Fédération d'enseignants dont il est membre. Récemment, il est parvenu à me faire imprimer, par un moyen que j'ignore, une carte de pilotage programmée. La destination où la nef nous mène m'est inconnue. Ce monde serait en dehors des limites de l'empire et il ne porte pas encore de nom. Ce sont des amis de Jovan, des *astrographes*, qui lui ont parlé de ce monde. Il m'a dit que ceux-ci l'avaient aidé à préparer notre itinéraire. (Il regarda la jeune fille dans les yeux.) Il va sans dire que j'avais demandé que cette route passe par Chore afin que je puisse t'emmener avec moi.

Elle blottit sa tête contre son épaule.

— J'espère que ce monde inconnu vers lequel nous nous dirigeons saura être accueillant.

— Les astrographes auraient dit que le climat y est rude mais sain. Quelques bêtes, beaucoup de végétation et aucun humain.

Vanelle se blottit davantage en ceignant de ses bras la taille de Qémaël.

— Nous y serons donc bien.

Depuis un moment, Qémaël et Vanelle gardaient un regard attentif sur l'écran extérieur. Bien que celui-ci fût toujours noir, le *subdistanciel* avait commencé à subir les premiers soubresauts que provoquait généralement le passage dans l'univers normal. Bientôt, le paysage s'offrirait à leur vue.

Main dans la main, les doigts entrelacés, les deux jeunes gens osaient à peine respirer, comme si un souffle trop fort risquait de balayer à tout jamais l'espoir intense qui les soutenait. Les effets irréguliers de la gravitation artificielle entretenue à l'intérieur de la nef s'estompèrent peu à peu pour faire place à la solide sensation de la gravitation naturelle. Dès lors, un décor flou commença de se deviner sur l'écran.

D'abord imprécises, des formes dansèrent sous l'effet de quelque brouillard puis, petit à petit, dévoilèrent un paysage éclatant de lumière. Un soleil jaune, semblable à celui de Terre éclairait une plaine semi-désertique dont les plantes naines semblaient desséchées. Des coteaux lointains aux cimes arrondies par une érosion millénaire présentaient ici et là quelques taches verdâtres, ondoyantes sous l'effet de la chaleur et des écrans de sable que soufflait une brise sèche.

Mais l'apparente rudesse de ce paysage n'était pas l'élément principal qui arracha à Vanelle et Qémaël un cri de surprise. C'était plutôt ces bâtiments sphériques qui émergeaient du sable semblables à des ballons à demi enfouis. C'était aussi ces poutres et ces tourelles qui surplombaient les bâtiments et donnaient à l'ensemble l'aspect d'insectes géants. Mais surtout, c'était ces dizaines d'hommes, puissamment armés, vêtus de longues toges brunes, qui encerclaient la nef,

attendant qu'elle se soit entièrement rematé-
rialisée.

Immobiles et muets, Qémaël et Vanelle obser-
vèrent les portes de l'appareil s'ouvrir tandis
que, un à un, les voyants du tableau de bord se
retranchaient en un silencieux sommeil, indiquant que le programme venait de prendre fin.

*   *   *

Chapitre VII

Putreh était assis dans un fauteuil immense, richement décoré, qui jurait avec l'austérité de la pièce. Il était vêtu d'une toge d'un vert sombre, couleur portée par les Logeurs de Dernier Niveau, ceux qui, à la mort du présent Commandeur, pouvaient espérer accéder à la Loge Pourpre. Le capuchon rabattu sur ses épaules, il dévoilait son visage glabre et pâle, aux yeux d'un bleu vif, pétillants d'intelligence. Sa chevelure blonde, coupée à hauteur d'oreilles, était soigneusement coiffée, laissant deviner le penchant du Logeur pour la coquetterie. Cette coquetterie, d'ailleurs, était un sujet de plaisanterie parmi les autres membres de la Loge. Certains murmuraient même que le visage de Putreh était aussi beau que son âme était cruelle.

Autour du Logeur Vert se tenaient une dizaine de gardes du corps au visage sévère. Armés d'*uraniseurs* et d'armes à longue portée, ces hommes violents entraînés aux arts de la guerre constituaient une véritable armée à eux seuls. Ceux-ci également étaient un sujet de conversation courant chez les Logeurs. On s'étonnait du grand nombre qui accompagnait Putreh dans tous ses déplacements. D'un autre côté, on connaissait aussi les multiples groupements, religieux ou laïcs, qui étaient prêts à user de violence contre lui. Il avait méprisé et bafoué tant d'intervenants dans sa rapide et inexorable ascension à la Loge Verte. Et il lui faudrait en mépriser et en bafouer tant d'autres avant d'avoir accès à la Loge Pourpre.

Un frère vêtu d'une toge brune s'avança vers lui pour se prosterner en gestes mesurés.

— Votre Grandeur, commença-t-il, le plan s'est parfaitement déroulé. Le *subdistanciel* est arrivé comme il était prévu. Désirez-vous voir les prisonniers maintenant?

— Oui, répondit Putreh. Assure-toi que le bâtiment est désert et que tous les ouvriers et techniciens ont été évacués dans les autres ailes. Ensuite, tu pourras introduire les prisonniers. (Le Logeur s'apprêta à tourner les talons.) Et prenez garde au garçon! Il semble inoffensif mais il constitue un danger de tous les instants. Attachez-le solidement.

Après un rapide signe de tête, le Logeur ressortit.

— Le plan de Votre Grandeur semble se dérouler à la perfection, fit remarquer un homme à ses côtés, la tête entièrement recouverte d'un masque énergétique. Je m'incline devant votre nouvelle réussite.

— En doutais-tu, Luz?

— Je doutais de votre agent sur Stilde, ce Jovan. Ses manières ne m'inspiraient pas la plus haute confiance.

— Nous avions pourtant une ferme emprise sur lui. Nous savions des choses sur son passé qu'il n'aurait pas aimé voir paraître au grand jour. De toute manière, des espions directement à notre solde l'ont éliminé dès sa mission accomplie. Il ne nous était plus utile et il nous faut laisser le moins de témoins possible dans cette affaire.

Le masque émit un rire bref.

— Je reconnais bien là l'efficacité de Votre Grandeur.

— C'est de famille, Luz, dit Putreh avec une émotion nouvelle dans le regard. Tu n'as pas échappé à la purge familiale du Logeur Pourpre autrement que par ta ruse. Voilà dix ans que tu te faufiles entre les mailles des pièges qu'il te tend.

— Et il mourra avant de me tenir entre ses griffes.

— Si notre plan réussit, cela ne devrait peut-être pas tarder.

Le masque s'approcha davantage du fauteuil de Putreh.

— Que veut dire Votre Grandeur? Existe-t-il dans le plan une facette que j'ignore? L'élimination pure et simple du Logeur Pourpre est-elle envisagée?

— Non, bien sûr. Cette phase serait d'une grande inconscience. Trop de Logeurs connaissent mon intérêt pour la Loge Pourpre. Les soupçons rejailliraient aussitôt sur moi. Par contre, en réussissant l'exploit de kidnapper à la barbe même de Vérati et de l'Armée des Anges le jeune Qémaël Arinème et en utilisant ce même Qémaël pour modifier les événements à venir que nos incursions dans le Temps nous ont permis de prédire, je m'attire une admiration sans bornes des Logeurs qui me sont déjà favorables. Je réussis également à faire pencher de mon côté les Logeurs indécis qui ne portaient qu'un enthousiasme tiède à ma candidature comme successeur à la Loge Pourpre. Dès lors, les pressions exercées sur le Commandeur actuel pourraient l'obliger à abandonner son poste et plus aucun obstacle ne m'empêcherait de mener à terme mes ambitions.

— Mais le plan comme tel, qu'en est-il exactement? Vous n'avez pas été très éloquent à ce sujet. Quel rôle exact jouera Qémaël Arinème et quels sont ces événements qu'ont prédits nos visions dans l'avenir et que vous comptez modifier? Songez-vous donc à assassiner le Saint-Vivant?

Putreh éclata d'un rire sans joie.

— Ha! Ha! Ce que tu peux être brillant par moments, Luz, et bête en d'autres circonstances. Bien sûr que non. Sur qui pèseraient automatiquement les soupçons d'une telle action? Les Loges, bien sûr. Sur tous les Frères de la Seconde Rédemption. Le peuple n'est pas agressif mais il n'est pas idiot non plus. Et n'oublie pas que la principale source de financement de la Confrérie demeure encore les dons de ses fidèles. Pour eux, Vérati demeure le Rédempteur, celui qui a racheté les erreurs passées pour permettre à l'Homme de quitter l'esclavage des *Innommables*. Aujourd'hui, même s'il n'existe plus aucun *Innommable*, le peuple porte toujours une grande vénération à celui qu'il considère comme un Saint-Vivant. (Putreh eut un grand soupir et son regard sembla devenir plus lointain.) Avant que la Confrérie ne s'attire entièrement l'appui du peuple, il faudra attendre que Vérati meure de sa belle mort et que disparaisse avec lui le pouvoir de commander à l'Armée des Anges. Cependant, d'ici là, il faut éviter qu'un empereur autre que les fantoches à la solde du Conseil des Votants ne vienne brouiller les cartes. Nul agressif ne doit jamais monter sur le trône impérial car si ses facultés lui permettaient de commander aux Anges, nulle organisation, quelle qu'elle soit, si puissamment armée qu'elle soit, ne saura prendre le contrôle de l'univers. *Jamais*!

Le dernier mot fut prononcé avec tant de

force, tant de hargne, que le Logeur qui venait d'entrer demeura pétrifié sur place. Il s'écoula quelques secondes avant qu'il se décide enfin à s'approcher du Logeur Vert pour se prosterner devant lui.

— Votre Grandeur, dit-il d'un accent mal assuré, les prisonniers sont prêts à vous être présentés.

— Très bien, dit Putreh d'une voix redevenue calme. Fais-les entrer.

Rapidement, il replaça le capuchon sur sa tête et activa le masque énergétique qui dissimulait son visage aux regards indignes. La porte s'ouvrit pour livrer passage à une dizaine de Logeurs vêtus de toges brunes. Au milieu du groupe, Qémaël et Vanelle étaient ficelés l'un à l'autre, dos à dos, et se déplaçaient avec peine, poussés par les gestes brutaux de leurs gardiens. Arrivés devant Putreh, ils furent forcés, sans ménagement, de s'agenouiller. Présentant chacun une épaule au Logeur Vert, il était possible à celui-ci d'apercevoir les deux visages.

Pendant un moment, il parut les observer intensément, s'attardant surtout sur le garçon. Ce dernier gardait son regard ancré dans le masque sans trait du Logeur, s'efforçant de conserver une attitude froide et hautaine. Il connaissait la hiérarchie des Loges et savait qu'une toge verte désignait un personnage de très haut rang. Il chercha à l'impressionner.

— Eh bien? lança-t-il avec une intonation

rageuse. Tu sembles être le chef? Parle. Pour quelle raison sommes-nous ici?

— Ne sois pas arrogant, Qémaël Arinème, répondit Putreh d'une voix au calme mesuré. Entre nos mains, ta vie et celle de ta compagne ne dépendent que de notre volonté.

Le garçon ne répliqua pas, moins pour sa vie que pour celle de sa compagne. Mais la rage gronda davantage en lui.

— Si tu es ici, reprit Putreh, c'est que nous avons besoin de toi. Ta réputation de franc-tireur et de grand combattant est parvenue jusqu'à nous. C'est par respect pour ces grands talents d'ailleurs que tu te retrouves ainsi ficelé.

— Et vous avez bien raison. Donnez-moi seulement la chance de vous abattre l'un après l'autre et je le ferai sans hésiter.

Quelques rires fusèrent parmi les Logeurs.

— Voilà bien ce qui nous dissuadera de te donner cette chance, répliqua Putreh, un certain amusement dans la voix. Mais trêve de plaisanterie. C'est dans un but précis que nous avons pris le risque de t'arracher au Saint-Vivant pour t'accueillir parmi nous.

Il fit un signe de la main et les toges brunes quittèrent la pièce. Putreh attendit d'être demeuré seul avec Luz et les gardes du corps avant de s'adresser de nouveau à Qémaël.

— Savais-tu, reprit-il, que nous possédons la technologie nécessaire pour nous déplacer dans l'avenir?

— Votre technologie est primaire, répondit Qémaël avec une pointe de mépris. Votre cyclotron nécessaire à l'expédition d'un Voyageur dans le Temps coûte une véritable fortune et il ne peut servir qu'une fois à cause des forces engendrées qui détruisent vos installations chaque fois. Ce n'est pas là un outil bien pratique.

— Je vois que tu es bien renseigné. Par contre, tu n'es peut-être pas très pratique toi-même. Le simple fait de pouvoir nous déplacer au moins une fois dans l'avenir nous permet quand même d'y planifier un coup d'éclat. Depuis quelque temps, il nous est possible de prévoir certains événements. Cette dernière faculté de nos appareils, cependant, demeure très limitée et nous ne recueillons, ici et là, que des renseignements ayant plus ou moins d'importance. En revanche, il nous a été possible de connaître des situations futures beaucoup plus... enrichissantes et qui nécessitent, de notre part, une attention particulière afin de mener à bien les projets de la Confrérie.

— Quels projets?

Putreh, de nouveau, eut un rire sans joie.

— Quels projets? Tu connais tant de choses sur nous et tu ignores nos projets? Mais tout le monde sait que «*les Frères de la Seconde Rédemption aspirent à l'équilibre des Forces. La politique seule ne saurait guider les races: il lui faut la Lumière de la Religion. Il sera un temps où les lois côtoieront les Saints Comman-dements.* »

D'une voix monocorde, Putreh venait de réci-ter, une fois de plus, cet extrait archiconnu d'un discours du Fondateur de la Loge.

— Nous savons, poursuivit-il, qu'à un moment précis dans le temps, à un endroit pré-cis dans l'espace, Saint-Vérati sera seul en discus-sion avec un homme. C'est à cet endroit et à ce moment précis que nous avons besoin de toi. À l'aide du cyclotron construit ici, nous allons t'expédier dans l'avenir.

— M.... Moi? s'étonna Qémaël. Pourquoi moi?

— Parce que c'est ton nom qui est apparu le plus souvent lorsque nous avons soumis à nos appareils de probabilité les paramètres de réus-site de notre plan d'action.

— Quel est ce plan d'action?

— Abattre l'homme que tu trouveras en con-versation avec le Saint-Vivant.

Qémaël, à son tour, éclata d'un rire qui son-nait faux.

— Ha! Ha! Vos appareils ne vous ont pas appris que je n'étais pas un assassin? Vos appa-reils ne vous ont pas dit que jamais je n'accepte-rais une telle mission pour vous?

— Oh que si, tu accepteras. Tu accepteras pour conserver la vie à cette charmante brune ficelée contre toi.

*   *   *

Chapitre VIII

— On peut envisager le processus de la Foi sous l'angle d'une recherche personnelle de paix intérieure qui, en temps de conflit, force l'esprit à trouver refuge auprès d'un Être Divin, Bienfaiteur et Tout-Puissant pouvant le protéger d'un environnement malsain. Par contre, à partir de l'instant où une certaine stabilité politique s'instaure, tel cet Âge d'Or que nous vivons présentement, il n'est plus besoin d'aucune religion ni d'aucun Créateur pour espérer en l'avenir et le peuple préférera porter son cœur vers un être de chair et de sang auquel il lui sera plus facile de s'identifier et à qui il vouera amour et respect.

Villaloshe avait arrondi lentement les yeux et son visage s'était figé dans une expression béate. Devant lui, la personne qui venait de répliquer froidement à ses sermons de moralité religieuse suçait une friandise rose. Il jeta de rapides regards autour de lui afin de s'assurer qu'aucun témoin n'avait assisté à la rebuffade de son élève et il se rassit sur sa chaise en épongeant sur son front la moiteur qui venait d'y apparaître.

— Pr... Princesse, balbutia-t-il, où avez-vous appris ces choses ? Qui... qui vous a...

Djéhilda, sans même quitter sa friandise, fit une moue en haussant les épaules. Ses longs cils masquèrent un moment des yeux d'un vert profond et elle leva sur le professeur un regard empreint d'ennui.

— Je n'ai eu besoin de qui que ce soit pour comprendre cela ; il s'agit de l'évidence même. Votre catéchisme poussiéreux ne me paraît plus d'époque, professeur. À moins que, abusant de mon jeune âge, vous ne cherchiez à m'endoctriner.

— Princesse !

La fillette, d'une taille déjà petite pour son âge, se cala davantage dans l'épais fauteuil, disparaissant presque sous les coussins. Ses paroles trop sensées pour une enfant de dix ans firent naître chez Villaloshe un sentiment de malaise qui se traduisit soudain par un début de vertige. Une seconde fois, il s'essuya le front, puis il repoussa la petite table afin de se lever.

— Je vous en prie, professeur, reprit Djéhilda du milieu de ses coussins, restez encore un peu et dissertons. Je suis curieuse de connaître vos idées véritables plutôt que ces enseignements farfelus que vous véhiculez.

Le vertige de Villaloshe augmenta. Il se leva péniblement et se dirigea vers la porte.

— Que Votre Noblesse veuille bien m'excuser, dit-il, mais je ne me sens pas très bien. J'ai dû manger trop gras. Je reviendrai un autre jour.

Le petit visage barbouillé de friandises émergea des coussins avec une expression désolée.

— Oh, quel dommage! En ce cas, soignez-vous bien professeur et revenez me voir.

C'est presque avec soulagement que Villaloshe quitta la pièce et rencontra une adulte sur son passage. Il s'agissait d'une servante stildienne qui apportait une collation.

— Oh! Vous nous quittez déjà, professeur? s'enquit-elle. Je vous apportais justement un en-cas.

— Vous... Vous m'excuserez. J'ai... un peu de vertige. Je ne me sens pas très bien.

Elle jeta un œil vers la porte entrouverte.

— Je vous comprends, dit-elle. Ça surprend toujours la première fois. On vous avait mis au courant?

Il eut un geste vague de la main.

— Si, si, bien sûr. Je... (Il prit une longue inspiration.) Pour être franc, je ne m'attendais pas à *ça*. Il y a surdouée et surdouée, vous savez. Cette enfant...

— Je vais vous dire quelque chose. (La Stildienne s'était mise à chuchoter.) C'est pas naturel, cette histoire. Y en a qui disent que c'est le Créateur mais d'autres pensent que ça pourrait être de la sorcellerie. Ouais. Ça se pourrait que la princesse ait été ensorcelée soit à sa naissance, soit pendant que l'impératrice était enceinte.

— Je vous en prie, Madame, protesta Villaloshe, ne colportez pas d'âneries ! Cette enfant a peut-être subi quelques manipulations non naturelles par des généticiens mais ces histoires de sorcellerie sont grotesques.

— En tout cas, reprit la Stildienne, moi je vous dis ce qu'on chuchote. Sorcellerie ou géné... gété... comme vous dites, c'est pas naturel.

Villaloshe haussa de nouveau les épaules.

— Alors, professseur ? La leçon est déjà terminée ?

L'empereur venait d'apparaître au bout du couloir. La servante s'éclipsa rapidement pour rejoindre Djéhilda dans le petit salon.

— Heu... Pour aujourd'hui, oui, Votre Noblesse, répondit Villaloshe. Je... (D'un pas mal assuré, il s'approcha de l'empereur.) Pour être franc, Votre Grandeur, je... je ne crois pas qu'il me soit utile de revenir instruire la princesse Djéhilda. Cette enfant me paraît posséder des points de vue déjà bien arrêtés en matière de théologie et je ne crois pas que le programme prévu à mon cours parvienne à la rejoindre.

L'empereur hocha la tête, son visage n'exprimant qu'une demi-surprise.

— Je comprends, dit-il simplement. Voyez-vous, elle passe tant de temps dans la bibliothèque du palais à lire et à décortiquer tous les anciens volumes qui s'y trouvent qu'elle a fini par forger sa propre opinion sur la plupart des sujets. Théologie, philosophie, économie... ce sont là ses terrains préférés.

— La princesse est un génie, Votre Noblesse. Imaginez ce que sera sa compétence lorsque viendra l'heure triste mais inévitable de votre succession.

D'un pas lent, les deux hommes se mirent à marcher en direction de la sortie. Lin Sung Lan, comme à son habitude, accompagnait ses paroles de gestes de la main.

— Curieusement, dit-il, la princesse ne s'intéresse pas à la politique. Parfois, j'ai essayé d'engager nos conversations sur le sujet mais elle orientait aussitôt la discussion sur l'un des domaines que je viens de vous citer.

— La princesse est très jeune. Vous avez amplement le temps de lui donner goût à la politique.

— Oui, sans doute.

Ils parvinrent dans un immense hall donnant accès à la sortie. Quelques gardes et galants s'y trouvant eurent une révérence pour l'empereur.

— Voilà, fit ce dernier dans un soupir résigné.

Je vous remercie quand même d'avoir pris la peine de venir nous voir, professeur. J'aurais aimé que Djéhilda s'intéresse à vos philosophies mais, de toute évidence, elle préfère les enseignements écrits.

— L'important, répliqua Villaloshe, est que la princesse s'intéresse à des auteurs sérieux dont les écrits reflètent une ligne de pensée sincère et juste.

— Nous nous y efforçons. D'un autre côté, sans vouloir vous offenser, les professeurs possèdent en général moins de compétence qu'elle dans la plupart des domaines et il devient difficile de savoir comment orienter son apprentissage. Je crois que l'idéal est de la laisser poursuivre son enseignement autodidacte en souhaitant que les lectures parfois contradictoires auxquelles elle s'adonne lui apprennent à peser tous les aspects, tous les pour et les contre d'un sujet.

Villaloshe eut un petit signe de tête entendu.

— Votre point de vue me paraît pertinent, Votre Noblesse. Je crois que l'empire ne peut que se réjouir de cette magnifique relève présentant des ressources capables de poursuivre les bienfaits de votre règne.

Lin Sung Lan eut un bref sourire et prit congé du professeur.

« Cette magnifique relève. » Un peu de crainte envahit de nouveau son cœur. Djéhilda n'était pas l'enfant mâle qu'une loi non écrite obligeait

94

à asseoir sur le trône. Pourtant, à l'époque, il aurait été facile aux généticiens du Conseil de déterminer le sexe de l'enfant lorsqu'ils prédisposèrent ses gènes à produire une intelligence supérieure. Et pourquoi les représentants du Conseil ne prenaient-ils pas eux-mêmes en main l'éducation de la princesse?

Plus Lin Sung Lan cherchait réponse à ses questions et plus il lui semblait que le trône échappait à la dynastie de ses aïeuls.

*   *   *

Chapitre IX

Pour Qémaël, corps et univers étaient bien loin derrière. Il avait l'impression de parcourir un sentier étrange, pavé d'une mousse élastique qui retenait ses pieds et les propulsait à la fois. Il marchait tout en gardant conscience d'être étendu sur le dos.

Il y eut un éclair bref mais intense. Qémaël sentit chaque molécule de son corps se disperser dans mille univers, tourbillonner, se heurter l'une contre l'autre, franchir des espaces infinis et à la fois infimes, se frotter à des sources inconnues d'énergie, vibrer à des cycles nouveaux et, finalement, revenir former un même tout. Des images surgirent à sa mémoire en un flot rapide et il ne parvint à en retenir que des visions tronquées, décousues, comme puisées au hasard. Le visage ancien de Mabi en train de le bercer, un pied tordu en courant, une comète rose dans le ciel de Terre, une grande fête colorée, Vanelle qui pleurait un jouet brisé, des paysages, des décors intérieurs, un enseignant...

— Oncle Barille et moi t'aimons beaucoup, dit la voix lointaine de Mabi.

— Tu es Qémaël Arinème ? demanda un officier de l'Armée des Anges.

— C'est le *naïmb'am naïmbélé*, chuchota un Stildien dans l'obscurité du dortoir.

— *Naïmb'am naïmbélé*, répéta un chœur en écho.

— L'empereur-enfant-héritier-du-trône.

— Oncle Barille et moi t'aimons...

— Saint-Qébal était le premier disciple du Rédempteur.

— Ne joue pas avec ce couteau, tu pourrais te blesser.

— À qui les bons fruits ? C'est à mon...

Il y eut un autre éclair et une autre tempête. Qémaël avait l'impression de tourner sur lui-même si rapidement que ses bras et ses jambes avaient peine à ne pas se détacher du reste de son corps.

Puis, soudain, tout s'arrêta comme si rien ne s'était jamais produit. La tête du garçon sonnait comme tous les clochers de tous les temples-églises réunis et il mit un long moment avant de constater que le Voyageur avait déployé son système d'ouverture et qu'il reposait immobile dans un paysage inconnu.

Qémaël porta les mains à ses joues, à ses lèvres et s'étonna de ne pouvoir affirmer avec certitude s'il était mort ou vivant. Mais le souvenir des Frères de la Seconde Rédemption et du danger mortel qui menaçait Vanelle le ramena rapidement à la réalité. Le Voyageur venait de le déposer en quelque lieu, quelque époque, et il devait tuer un homme dont il ignorait tout afin de sauver sa liberté et la vie de celle qu'il aimait.

Grâce à de nombreuses contorsions, il parvint à se libérer de la coque du Voyageur à l'intérieur de laquelle il trouva également une arme à moyenne portée. Il l'examina un moment puis grimpa la pente d'un coteau proche afin d'avoir une meilleure vue du paysage environnant.

Le soleil éclairant ce monde avait disparu derrière l'horizon et un orage s'éloignait en zébrant d'éclairs un crépuscule avancé. Un vent chaud et humide soufflait en bourrasques et, entre les images éblouissantes renvoyées par la foudre, Qémaël distingua une plaine rocailleuse où quelques arbres de grande taille levaient vers le ciel des branches dénudées. De nombreux coteaux bosselaient le paysage proche tandis que des collines plus imposantes masquaient les quatre horizons.

Non loin, sur le sol, deux *subdistanciels* se faisaient face. L'un d'eux, éventré, reposait sur le côté. En forçant son regard, Qémaël reconnut la silhouette de quelques hommes vêtus de bures sombres, dont les cadavres parsemaient le voisinage immédiat des deux nefs. Certains d'entre eux semblaient avoir été écrasés par des pierres-qui-roulent.

Ce qui attira finalement son attention furent les échos de voix et les mouvements de deux hommes au pied du *subdistanciel* détruit. La lumière d'un éclair lui permit de reconnaître le manteau de Commandement Suprême de l'Armée des Anges. Saint-Vérati, debout, était en vive discussion avec un homme assis sur le sol.

Le grondement presque continuel du tonnerre qui se répercutait sur les collines empêchait Qémaël de comprendre les paroles, mais les deux individus, visiblement, paraissaient en désaccord.

Son regard s'attarda sur l'homme assis au sol, l'inconnu à assassiner. Son visage n'était pas visible car il faisait dos à Qémaël. L'épaule appuyée contre un rocher, il gardait la tête basse, tenant entre ses mains une dague qu'il semblait contempler avec beaucoup d'attention.

Des questions de conscience envahirent l'esprit de Qémaël. Des questions de libertés à échanger contre la vie d'un inconnu, de choix entre la femme qui était tout pour lui et d'un homme qui n'était rien. Il serra les dents, cherchant à se dégager de ce sentiment de culpabilité qui risquait de lui ravir la seule chance de retrouver Vanelle et de lui permettre d'échapper aux griffes des Logeurs.

Puis, lui vint l'idée que son action se situait dans l'avenir. De retour dans le passé, lorsque les Frères lui auraient remis sa liberté, il lui serait possible de chercher à empêcher que le meurtre ne se reproduise. Il ignorait si le Temps pouvait ainsi être modifié au gré des incursions qu'on y faisait mais il voyait là le moyen de libérer sa conscience.

Avançant par étapes et se dissimulant derrière chaque rocher de taille qui le séparait des deux hommes, il parvint à s'approcher rapidement sans être vu.

L'inconnu lui tournait toujours le dos de même que Saint-Vérati dont les épaules affaissées laissaient croire que de bien grands malheurs avaient dû s'abattre sur l'empire. Comme si l'action avait été préméditée, le Saint-Vivant s'éloigna de quelques pas, isolant la victime de Qémaël.

Qui était cet homme? se demanda une fois de plus le garçon. L'officier supérieur de l'Armée des Anges? L'empereur peut-être même? Il fallait qu'il s'agisse d'un personnage de haut rang pour que les Logeurs cherchent ainsi à l'éliminer.

Repoussant toute autre pensée qui aurait pu le dissuader de passer aux actes, Qémaël épaula son arme et tira sur l'inconnu. L'éclair produit se mêla à l'atmosphère d'orage et l'homme s'écroula lentement sans le moindre cri. Le Saint-Vivant, marchant toujours dans la direction opposée, ne s'était rendu compte de rien.

Le garçon se précipita vers sa victime afin de voir son visage et tenter de le reconnaître. Celui-ci était tombé face contre terre et la boue mêlée à l'obscurité du crépuscule empêchait Qémaël de distinguer ses traits. Dans la main droite de l'homme, le poignard au profil ancien était retenu par les doigts crispés dans la mort. Qémaël l'en dégagea pour le porter à sa ceinture.

« Voilà qui me servira de conscience, songea-t-il. Conscience d'avoir tué un homme dont j'ignore tout et qu'il me faudra découvrir afin de lui éviter de mourir de nouveau. »

— Et ton arme, murmura-t-il à l'adresse de l'inconnu, me sera également utile pour éviter que tu ne sois mort pour rien.

Aussi silencieusement qu'il était venu, Qémaël repartit en direction du coteau, laissant seul le Commandant Suprême de l'Armée des Anges qui, le dos toujours tourné à la scène, n'avait rien remarqué du drame.

*　　*　　*

Putreh pouvait apercevoir la coque noire du Voyageur au milieu du groupe de techniciens. Son fauteuil *agraviton* survolait le cratère, entouré de sa meute de gardes du corps. À mesure qu'il approchait du versant, il distingua le système d'ouverture entièrement déployé, la carcasse vide et les trois infirmiers penchés sur le corps de Qémaël. Tous les appareils de réanimation étaient en branle et les infirmiers s'affairaient en mouvements rapides et nerveux.

Luz, qui accompagnait Putreh, prit la parole afin d'éviter que des techniciens non dignes entendent la voix du Logeur.

— Eh bien ? s'informa-t-il en arrivant à la hauteur des infirmiers. A-t-il survécu ?

Un des trois hommes abandonna ses appareils pour se prosterner devant Putreh. Ce dernier remarqua que les gestes de l'homme révélaient plus de peur que de respect.

— Votre Grandeur, commença celui-ci, le garçon est dans un état semi-comateux. Nos appareils indiquent que son cœur et ses poumons fonctionnent bien, que ses oreilles entendent et que ses yeux réagissent à la lumière. Par contre, nous ne parvenons pas à le tirer de son inconscience. Nous soupçonnons des lésions graves au niveau du cervelet.

Dissimulé derrière son masque énergétique, le visage de Putreh grimaça. Voilà qui contrecarrait ses plans. Il aurait préféré que son prisonnier demeure vivant ou du moins autrement qu'en un état végétatif afin de le présenter à une séance spéciale de la Confrérie où il aurait ridiculisé le Logeur Pourpre.

Lentement, il laissa descendre son fauteuil. Du regard, il s'assura que l'*uraniseur* que l'on avait glissé dans la coque du Voyageur était toujours à sa place et, à cause de la réputation particulière du garçon, préféra demeurer prudent en conservant avec celui-ci une distance qu'il jugea suffisante pour éviter un assaut.

Mais c'était méconnaître les capacités de Qémaël.

Avant qu'aucun garde du corps ne trouve le réflexe ou la fraction de seconde nécessaires pour réagir, le garçon se détendit comme un ressort et, dans un seul mouvement, bondit jusqu'au fauteuil de Putreh, le renversa contre lui et appliqua sur sa gorge le poignard trouvé sur l'inconnu assassiné. Le fauteuil grimpa de plusieurs mètres dans une brusque ascension et se stabilisa hors d'atteinte des gardes.

— Convaincs tes bêtes que je n'hésiterai jamais à te tuer, dit-il à Putreh en grinçant des dents contre son oreille.

Le Logeur, la tête renversée en arrière par la poigne ferme que Qémaël appliquait sur son menton, lança un ordre bref à ses gardes du corps, se souciant bien peu des oreilles indignes alentour. Quelques-uns semblèrent hésiter, cherchant une faille dans la position du garçon. Luz, résigné, insista pour que les hommes obéissent à l'ordre. Dans le visage de chacun d'eux se lisaient la peur et la frustration de s'être ainsi laissé berner.

— Qu'on aille chercher Vanelle! ordonna Qémaël.

Tout comme les techniciens pétrifiés, les gardes demeurèrent immobiles.

— Qu'on aille la chercher *immédiatement*! insista-t-il, son poignard commençant à entamer la chair de Putreh.

— Obéissez ! lança celui-ci à son tour, sentant le liquide chaud s'écouler sur sa peau.

— Mais Votre Grandeur, commença Luz, nous...

— Par le Créateur, faites ce qu'il dit ! Vous voyez bien qu'il va me trancher la gorge !

Luz désigna aussitôt deux hommes qui, à l'aide de leur ceinture *agraviton*, s'envolèrent au-dessus du cratère pour disparaître en direction des bâtiments au loin.

— Tu es stupide, Qémaël Arinème, murmura Putreh. Pourquoi fais-tu cela ? Une fois assurés que ta mission avait été accomplie, nous t'aurions laissé partir.

— Pour que je fasse tout mon possible afin que le meurtre accompli dans l'avenir soit évité ? Je doute que vous eussiez été stupides à ce point.

— C'est toi qui es stupide. Par nos appareils, nous aurions su si tu intervenais, si l'assassinat demeurerait bel et bien accompli. Nous t'aurions... Nous vous aurions remis votre liberté.

— Il y a bien des choses qui m'échappent dans les combines des Logeurs pour évincer du pouvoir l'empereur et son Conseil. Mais un élément dont je suis certain est que nous ne serions jamais sortis vivants de vos griffes.

Les gardes partis chercher Vanelle réapparurent. Ensemble, ils soutenaient la jeune fille dont la tête pendait sur sa poitrine d'une manière inquiétante. Son corps était entièrement recouvert d'une couverture à la propreté douteuse.

— Qu'est-ce que vous lui avez fait?

La poigne de Qémaël demeurait constante tandis que la lame du couteau commençait à glisser imperceptiblement.

— Mais rien, rien s'empressa de répondre le Logeur. Elle doit s'être effondrée de fatigue, c'est tout. (Il s'adressa à ses gardes.) Montrez au Seigneur Qémaël que sa compagne a été traitée avec égards.

Il y avait une intonation nouvelle dans sa voix; un ordre qui n'en était pas un, une ironie inattendue. Les deux gardes semblèrent comprendre et, détachant la couverture, laissèrent Vanelle tomber dans le cratère en contrebas.

L'esprit de Qémaël vacilla une fraction de seconde lorsqu'il aperçut les membres disloqués, le corps meurtri de sa compagne qui, tel un déchet dont on se débarrasse, plongeait dans le cœur de la dépression. Cette fraction de seconde était tout ce dont Putreh avait besoin pour dégager son coude vers l'arrière et l'appliquer solidement sur le menton du garçon. De sa main libre, il en profita pour saisir le poignet appuyé contre sa gorge et le tordit. Il agit avec tant de force que même les techniciens et les gardes demeurés sur la pente entendirent le craquement des os. Puis, d'une habile manœuvre, il projeta Qémaël par-dessus le dossier du fauteuil, le précipitant à son tour dans le cratère. Celui-ci ne chuta que de quelques mètres pour heurter le versant et rouler un moment sur la pente. Il s'immobilisa à demi inconscient.

Debout sur le fauteuil, animé d'une rage nouvelle, Putreh pointait le garçon du doigt.

— Allez! Qu'on se saisisse de...

Il n'eut pas le temps de terminer sa phrase. Un éclair venait de l'atteindre en plein visage, faisant grésiller le masque énergétique, projetant la chair et les os dans toutes les directions. Luz eut à peine le temps de tourner la tête et d'apercevoir un essaim de vaisseaux légers que lui aussi, à son tour, était atteint par la décharge d'un *uraniseur*. L'attaque fut très rapide. L'orchestration avait dû être préparée dans ses moindres détails car les gardes et les techniciens s'écroulaient pratiquement tous en même temps, chacun frappé par un tir précis venu des vaisseaux.

En quelques secondes, les éclairs avaient cessé, plus aucune cible vivante n'ayant échappé au carnage. Quelques vaisseaux s'élancèrent alors en direction des bâtiments tandis que la grande majorité se posaient doucement sur les bords du cratère. Dans un fauteuil *agraviton* paré de décorations apparut le Logeur Pourpre. Flanqué de quelques gardes armés, il flotta un moment au-dessus du cadavre de Putreh avant de se laisser glisser jusqu'à Qémaël. Celui-ci avait descendu la pente du cratère pour retrouver Vanelle en contrebas.

— Vanellia. Vanellia. Petite fleur des plages,

réponds-moi.

Celle-ci était difficilement reconnaissable. Les gardes de Putreh en avaient tant abusé et l'avaient tant frappée qu'elle n'était plus qu'une poupée désarticulée sans plus guère de ressemblance avec la jeune fille resplendissante de vie qu'il avait tenue dans ses bras quelques heures plus tôt. Il s'agenouilla doucement et d'une main caressa ses cheveux.

— Vanellia, ne meurs pas.

Elle parvint à tourner la tête, péniblement, pour poser sur lui un regard encore marqué par l'horreur.

— Qé...maël. J'ai... mal...

— Vanellia, on est venu nous sauver. Tu vas pouvoir être soignée, guérir.

— J'ai mal... dans mon... âme...

Obstinément, les yeux de Qémaël demeuraient secs. Obstinément, son cœur refusait de laisser déferler en lui toute l'émotion et tout le chagrin que devrait lui procurer la souffrance de Vanelle.

« Pourtant, je l'aime. Plus que tout dans cet univers, plus que ma vie même. Je sens tout un océan de larmes dans mes yeux, mais il y a comme une digue qui l'empêche de se déverser sur mes joues. Qu'est-ce qui me retient de souffrir pour ceux que j'aime ? »

Ce genre de questions revenait en lui régulièrement et l'effrayait. Son esprit, inconsciemment, préféra s'en détourner.

Il songea à Putreh et à ses sbires, morts, et à cette vengeance qui venait de lui échapper. Pourtant, il savait bien que ce n'était pas là ce que son cœur recherchait. Plutôt une raison à ces situations étranges dans lesquelles il était plongé.

Pourquoi sa personne était-elle si importante aux yeux de la Loge et pourquoi avait-il fallu qu'une fugue banale d'adolescents se transforme en un pareil gâchis?

L'ombre du fauteuil du Logeur Pourpre le recouvrit mais ses doigts continuaient de caresser la chevelure de Vanelle.

— Qémaël Arinème, dit la voix du Commandeur empreinte de fausse sympathie, nous sommes heureux d'être arrivés à temps pour sauver ta vie et celle de ta compagne. Sache que la Confrérie de la Seconde Rédemption n'a rien à voir avec les actes barbares perpétrés par ces traîtres qui ont abusé de leur pouvoir au sein de la Loge afin de satisfaire leurs ambitions personnelles.

Qémaël ne répliqua pas. Il s'était penché davantage sur Vanelle et murmurait à son oreille des poèmes qu'ils récitaient ensemble en des jours plus heureux, il y avait bien longtemps.

*   *   *

Chapire X

Vérati était vêtu d'une longue robe blanche qui, chaque fois qu'il bougeait, se paraît de couleurs flamboyantes battant au rythme de ses mouvements. Ses longs cheveux noirs glissaient derrière ses oreilles et tombaient sur ses épaules, pareils à un rideau de soie.

De plus en plus, ses traits annonçaient la fatigue et la lassitude. Ses yeux déjà petits semblaient s'enfoncer davantage sous les arcades sourcilières, accentuant son air abattu. Accoudé à une fenêtre, il observait au loin l'agitation nocturne dans les rues de Balun. Contre le mur, à ses côtés, il avait appuyé son violon tandis que la sonate qu'il venait de jouer vibrait encore dans sa tête, semblable à une plainte.

L'entrée de Jorje le fit se retourner.

— Maître, j'ai avec moi le garçon, comme vous l'avez demandé.

— Fais-le entrer.

Jorje eut un geste à l'intention d'un garde demeuré près de la porte et celui-ci livra passage à Qémaël. Vêtu d'un uniforme de la maison de Stilde, celui-ci, un poignet pansé, marchait d'un pas mal assuré, incertain de l'attitude à adopter en face du Saint-Vivant. Il porta un genou à terre.

La silhouette et la démarche du garçon inondèrent de souvenirs la mémoire de Vérati. Cette grâce et cette force à la fois qui caractérisaient son pas ; ce regard d'apparence froide mais qui cachait un cœur grand comme une galaxie. Si semblables aux souvenirs qu'il avait gardés.

— Relève-toi, Qémaël Arinème, dit-il d'une voix qu'il aurait voulu autoritaire. Ton attitude nous cause bien des tracas, mon garçon.

— Le Créateur m'est témoin que je n'ai jamais voulu causer le moindre tort à Votre Sainteté.

La même voix, la même certitude en ses moyens. Une maturité moins évidente, peut-être, mais une agressivité sans équivoque, un caractère indépendant, fort et fier. Vérati remarqua le couteau pendant au cou de Qémaël, semblable à un pendentif.

— Voilà qu'on laisse des visiteurs armés m'approcher, Jorje ?

— Armé? Votre Grandeur, j'ai moi-même fouillé...

— Ceci est plus un talisman qu'une arme, Votre Sainteté, coupa Qémaël. Le rappel d'une dette ou d'un devoir dont j'ai hérité.

— Il est rare qu'on parvienne à déjouer mes fouilles, Votre Grandeur, émit Jorje, un peu désorienté. Si le jeune garçon veut bien me donner...

— Je ne me sépare pas de mon talisman, Votre Sainteté, coupa de nouveau Qémaël à l'adresse de Vérati.

— Laisse, Jorje, dit le Saint-Vivant. Je ne crois pas avoir quoi que ce soit à redouter; je m'étonne de la chose, simplement.

Il ressentit davantage d'admiration pour le garçon. C'était la première fois qu'il voyait quelqu'un parvenir à tromper les sens électroniques de Jorje. Malgré cela, il chercha à prendre un air sévère.

— Mes adversaires viennent de porter un sérieux coup à ma crédibilité, dit-il en faisant chatoyer sa robe de mille couleurs alors qu'il se déplaçait pour aller s'asseoir. Non seulement viennent-ils kidnapper sur Stilde même l'un de nos protégés, mais encore ils poussent l'ironie jusqu'à ramener en triomphe l'otage que nous avons cherché en vain dans tout l'univers.

— J'ai été trahi par l'un de mes confidents, Votre Sainteté.

— Trahi par ta propre trahison ; tu cherchais à fuir Stilde.

« Fuir, songea Qémaël. Il a dit fuir et non pas quitter. »

— Suis-je donc prisonnier sur Stilde, Votre Sainteté ? Suis-je donc condamné pour je ne sais quel crime à vivre à jamais exilé de Terre sans la fille que j'aime ?

La question ressemblait à un reproche. Elle ressemblait également à un défi. Quelque chose comme : « Essayez de m'empêcher de fuir ou de retrouver Vanelle et je ferai tout pour déjouer vos interdits. » Vérati demeura songeur.

— Que sais-tu de tes origines ? demanda-t-il enfin.

— Je n'ai jamais connu mes parents, répliqua sèchement le garçon. Je crois que la Maison de Stilde en connaît beaucoup plus que moi à ce sujet. Je n'ai eu de famille qu'une tutrice tuée par des Logeurs alors que je n'avais pas huit ans. Son frère, oncle Barille, était le père de la fille que j'aime.

— La petite Vanelle, n'est-ce pas ?

Qémaël ne répondit pas mais ses mâchoires semblèrent se serrer.

— Comment est-elle ?

— Je l'ignore, Votre Sainteté. Personne n'a semblé vouloir me rassurer sur son sort. Je ne sais même pas si je dois pleurer sa mort.

Vérati se tourna vers Jorje.

— Demande à ce qu'on nous fasse parvenir un rapport complet sur l'état de cette petite Vanelle.

L'officier se rendit à la porte pour transmettre les ordres. Qémaël s'adressa à Vérati.

— Votre Sainteté, les Logeurs m'ont envoyé dans l'avenir pour y commettre un meurtre. Dans l'espoir de sauvegarder la vie de Vanelle et notre liberté à tous deux, je n'ai pas osé les trahir, j'ai tué un homme. Nous devons absolument le retrouver et empêcher que... que cet autre moi-même, venu du passé, ne parvienne à l'abattre.

Le regard fixé sur Qémaël dans une moue distraite, l'index caressant la commissure de ses lèvres, Vérati sembla hésiter un moment.

— Tu connais l'identité de cet homme que tu as abattu? demanda-t-il enfin.

— Non. C'est pourquoi il nous faut...

— Inutile, je la connais.

La surprise chez Qémaël s'exprima par une excitation intense suivie immédiatement d'un certain soulagement.

— La Confrérie a encore bien des choses à apprendre, notamment en ce qui a trait à la manipulation du Temps. Nous avons aussi nos propres appareils pour lire l'avenir. Enfin, je devrais dire pour lire certains moments de l'avenir, des moments aléatoires que nous parvenons à saisir ici et là. Pourtant, nous ne cherchons jamais à intervenir. Jamais. (Son visage avait repris une expression lointaine.) Il y a des milliards d'années, lorsque l'univers s'est mis à émettre ses premières pulsations d'énergie, il était prévu qu'il évoluerait et s'éteindrait de telle façon. Peu importent les étapes qui marqueront sa progression, il se terminera comme cela a été prévu.

— Mais Votre Sainteté, je vous parle de la vie d'un homme qui...

— C'est ce dont je te parle également! (Sa voix s'était faite sèche.) Tu peux modifier la matière, il te reste toujours le même agglomérat de molécules entre les mains. Modifie les événements, tu conserveras le même sort entre tes mains. Qu'importent les efforts que tu accomplis, on dirait que tout est prévu depuis le début du Monde.

« On dirait. » Vérati semblait s'adresser plus à lui-même qu'à Qémaël, comme s'il était soudain en proie à une crise existentielle. Son regard revint se poser sur le garçon.

— Les Logeurs me font bien rire à dépenser des sommes faramineuses afin d'envoyer des Voyageurs pour modifier l'avenir. Tout ce qu'ils apprendront, c'est que le temps n'est l'allié de personne. Il t'ouvre ses fenêtres pour les refermer aussitôt, évitant de t'indiquer si le paysage qu'il t'a fait entrevoir était le nord ou le sud.

— À quoi a servi alors que vous montiez à l'assaut de l'univers s'il était prévu que les Hommes, d'une façon ou d'une autre, seraient libérés de l'esclavage?

— Je suis le Fils de la Prophétie! Je ne suis qu'un instrument dont se sert l'Univers pour accomplir son Destin. Je ne suis qu'un instrument du Créateur. Comme toi, Qémaël.

— Comme nous tous, sans doute.

— Certains d'entre nous possèdent des rôles plus spécifiques, plus élaborés dans la *Grande Mécanique*.

Il sembla se ressaisir un peu, son regard porté sur des horizons plus accessibles.

— Je crois qu'il serait temps que tu connaisses tes origines et les espoirs que l'empire met en toi, dit-il d'une intonation presque solennelle.

Le regard de Qémaël brilla d'une flamme nouvelle. Vérati inspira longuement et se cala davantage dans son fauteuil.

— Que sais-tu de Saint-Qébal? demanda-t-il.

— Ce que mes professeurs m'en ont appris. Qu'il vous a secondé lorsque vous avez fui la cour de Kasbar II pour vous rendre sur Terre prendre le commandement de l'Armée des Anges.

— Connais-tu le nom de famille de Saint-Qébal?

— Non.

— Arinème. Qébal Arinème. Originaire d'une souche éteinte d'Alpharoméris. Qébal est un prénom tiré d'une ancienne langue stildienne. Le préfixe « Qé » signifie « grand ». Le suffixe de ton prénom à toi, « maël », provient d'un antique dialecte mendéléen inconnu de nos jours. Il signifie « fils ». Qémaël, « Fils-du-grand ».

Le regard de Qémaël se brouilla en expressions diverses. Vérati se surprit à tirer satisfaction des émotions qu'il parvenait à arracher au visage trop impassible du garçon.

— Mais tu es plus que le fils de Saint-Qébal, reprit Vérati. Tu es pratiquement Saint-Qébal lui-même. C'est à partir de cellules récupérées sur son corps après sa mort que nous avons façonné ton existence.

— Je suis... Je serais... un clone? s'informa Qémaël en essayant tant bien que mal de conserver son attitude froide.

— Pas vraiment. Nous ne nous sommes pas limités à faire de toi une réplique exacte de Saint-Qébal. Les généticiens qui travaillent pour l'empire ont amélioré de nombreuses facettes relatives à tes capacités physiques de même qu'ils ont modifié certains aspects de ta personnalité. En toi, ils ont incorporé une multitude de gènes artificiels permettant de marier dans un être vivant toute l'émotion et toute la créativité de l'humain à toute la logique froide de la machine. Tes gènes ont également été programmés afin que tu développes juste l'agressivité nécessaire pour combattre et défendre ta vie et tes principes.

La tête de Qémaël hochait lentement de gauche à droite, ses yeux devenus étrangement fixes.

— Mais... Pourquoi? Pourquoi?

— Pour monter sur le trône de l'empire et commander à l'Armée des Anges. Tes cellules cesseront de vieillir d'ici quelques années et tu vivras aussi longtemps que tu le désireras. Nous t'avons façonné un destin grandiose comme nul conquérant, jamais, n'a osé en rêver. *Régner éternellement sur l'univers tout entier*!

Un maelström violent secoua l'esprit de Qémaël; un maelström d'émotions diverses où il tentait vainement de distinguer le vrai du faux. Car tout ne pouvait être que faux...

Mais si tout était vrai...

Il chercha à s'asseoir sur un petit banc près de la fenêtre et il ragea en se demandant pourquoi il fallait que, pour lui, tout fût toujours aussi compliqué.

— Pourquoi ne m'a-t-on jamais mis au courant? Pourquoi m'apprenez-vous tout cela maintenant? Pourquoi ont-ils... Ce n'est pas possible. Vous mentez!

Calé dans son fauteuil, Vérati observait intensément les émotions défiler dans le regard du garçon.

— Le Saint-Vivant ne ment jamais. Ou rarement. Nous avons peut-être eu tort de ne rien t'apprendre avant maintenant... et peut-être pas. Au départ, vous étiez huit qui, inconsciemment, deviez lutter pour le trône. Huit à concourir et desquels un seul serait sorti vainqueur. Mais nos projets secrets ont été éventés par des espions à la solde des Logeurs. Aussi, voilà dix ans, ils ont tenté de vous détruire tous les huit. Tu es le seul à avoir survécu. Tu es donc notre unique espoir d'asseoir sur le trône impérial un humain disposant de toutes les qualités nécessaires pour gérer l'empire et commander à l'Armée des Anges.

Qémaël hochait toujours la tête.

— Mais pourquoi moi? Pourquoi *spécialement* moi?

— Parce que pour le peuple, tu seras la réincarnation de Saint-Qébal, ce saint patron de la Liberté dont nous avons laissé la légende largement amplifier les mérites. Afin de résister politiquement et militairement à des groupements aussi puissants que les Frères de la Seconde Rédemption, il nous faut un empereur à la fois juste et farouche, aimé et craint, puissant et tendre avec le peuple. Il nous faut exactement ce que mes généticiens ont fait de toi : un empereur sur mesure pour stabiliser l'univers, endiguer les rebellions et attendre que les générations futures aient retrouvé l'assurance qui caractérisait, au temps jadis, la race humaine.

Toujours assis sur son petit banc, Qémaël continuait d'arborer son expression incrédule.

— Mais l'empereur actuel possède aussi sa succession, dit-il. Il ne verra pas d'un très bon œil...

— L'empereur obéit à ce que je lui dicte ! Il n'a pour toute enfant qu'une fille que nous lierons à toi par le mariage. Cela lui suffira. Le projet visant à t'offrir le trône a été mis en branle il y a de cela bien longtemps, à une époque où les Votants étaient les prédécesseurs des membres du Conseil actuel. Pour la plupart d'entre eux comme pour l'empereur, il s'agira d'une surprise mais tous ne pourront que se plier à ma volonté et à celle de leurs aînés.

Il allait poursuivre mais s'interrompit alors que Jorje revenait dans la pièce.

— J'ai des nouvelles de la jeune Vanelle, Votre Sainteté, dit l'officier.

Plus que les déclarations de Vérati, l'arrivée de Jorje fit bondir Qémaël sur ses pieds.

— Celle-ci, grâce à ses origines terriennes, a put obtenir une permission spéciale afin de retourner sur la Planète Sainte. Son état de santé requiert des soins particuliers puisqu'elle n'a plus l'usage ni de ses bras, ni de ses jambes. Elle vit dans un ancien monastère tenu par des Saintes-Mères où on lui fournit nourriture et hygiène nécessaires à son existence.

Une fois de plus, un océan se forma dans les yeux de Qémaël. Un océan profond qui demeurait en lui comme pour noyer son âme. Il remarqua l'absence d'émotions dans les yeux de Jorje

121

et son cœur ne fit que rugir davantage. Il se tourna face à Vérati.

— Le destin des autres semble vous fasciner, Votre Sainteté, dit-il les dents serrées, particulièrement le destin de ceux que vous pouvez manipuler et qui répondent à vos ambitions. Aussi, que m'importe que mes origines soient ou non le résultat de vos expériences maudites, il est une chose que vous ne pourrez jamais modeler et c'est mon âme. Et mon âme, au même titre que ma conscience, est liée à mes décisions. Jamais je n'accepterai d'être manipulé de façon consciente par qui que ce soit! Jamais je ne deviendrai votre *naïmbalita*!

*   *   *

Chapitre XI

Le Logeur Pourpre siégeait au milieu de la salle sur un trône richement décoré de joyaux mauves, turquoise et violets. À bonne hauteur, tout autour de lui, on pouvait distinguer la forme sombre des Loges creusées à même la paroi de pierre. Chaque niche était éclairée d'une faible lumière dont la couleur indiquait le rang du Logeur. Derrière le Commandeur, se trouvaient les Loges vertes; à sa gauche et à sa droite, les bleues et, lui faisant face, celles aux couleurs représentant les rangs plus modestes. L'obscurité de la salle donnait à chaque séance un caractère austère, marqué par la sévérité et, plus souvent qu'autrement, la dureté des propos.

L'ascension dans la hiérarchie de la Confrérie était dictée par des règles strictes en matière d'agressivité, d'autorité et, bien sûr, d'alliances forgées entre les divers prétendants. Lorsqu'un Frère s'assoyait pour la première fois sur le trône pourpre, il savait qu'une majorité de Verts et de Bleus attendaient de lui d'énormes avantages, tandis que les autres Loges abritaient une meute envieuse, rêvant du jour où elle pourrait, à son tour, détenir le pouvoir.

Le Logeur Pourpre actuel siégeait depuis plus d'une génération déjà, signe d'une agressivité aiguë, d'un sens pratique des alliances et d'une bonne organisation d'espions sachant le renseigner sur les activités plus ou moins secrètes des autres Logeurs. Son véritable nom était Ahadji mais il y avait bien longtemps qu'on ne s'adressait plus à lui que sous le titre de « Votre Grandeur ».

Une loge jaune loin devant lui émit quelques pulsations de lumière, indiquant que le Logeur y nichant voulait prendre la parole. Un frère à la toge brune, retiré dans un coin obscur de la salle, activa un appareil permettant au Logeur désireux de prendre la parole d'être entendu par tous les autres. Cet appareil servait également à éviter, lors d'une séance houleuse, que trop d'intervenants ne parlent en même temps. Seul le Logeur Pourpre pouvait couper la parole à un intervenant et parler quand bon lui semblait.

— Qui est ce Jovan? demanda le Logeur Jaune.

— Un fervent fidèle de notre Confrérie,

124

répondit Ahadji. Il avait été recruté par Putreh qui s'en servait dans le but d'assouvir ses ambitions personnelles. Jovan, d'abord honoré de pouvoir aider un Logeur Vert, a fini par craindre les actions de Putreh et est venu secrètement s'enquérir de leur légitimité auprès de nos officiers de sécurité.

— Certaines rumeurs laisseraient plutôt entendre qu'il s'agirait d'un agent double à votre solde, suggéra une Loge rosée.

— Je ne réponds pas à de telles insinuations, répliqua Ahadji d'un ton sec. Si vous avez des preuves à soumettre au lieu de simples rumeurs, je suis prêt à vous écouter. Dans le cas contraire, je n'ai pas l'intention d'étirer la séance des Loges en débat stérile sur des commérages de bas quartiers. (Puis, prenant un ton moins méprisant :) Lorsque nous avons été mis au courant des activités de Putreh, j'ai aussitôt préparé l'expédition devant permettre de juger de la situation et de contrecarrer ses plans.

— Et vous y êtes allé vous-même, comme ça, pareil à un vulgaire mercenaire à la tête d'un commando d'intervention ?

Le masque d'Ahadji se tourna un peu brusquement vers la Loge rose, trahissant son impatience. Sa voix apparut sèche de nouveau, comme s'il avait de la difficulté à la maîtriser.

— Voilà la preuve du sérieux de mes intentions ! Je voulais m'assurer par moi-même des initiatives prises par Frère Putreh. N'oublions pas que les actions qui m'avaient été rapportées étaient graves : avoir détourné et utilisé sans l'accord des Loges des sommes immenses afin de construire un nouveau cyclotron, et en profiter pour effectuer un coup d'éclat dans l'avenir. De plus, cette action comportait des risques politiques et d'éthique importants, sans compter qu'une étude d'impact s'avérait nécessaire afin de juger si l'attentat perpétré dans l'avenir ne risquait pas de nuire à la Confrérie au lieu de l'aider.

— Mais était-il nécessaire de tuer Putreh de même que tous les techniciens travaillant pour lui ?

— Lorsque nous sommes arrivés, Putreh s'apprêtait à tuer le jeune dauphin. Dans le feu de l'action, nous avons dû réagir rapidement afin d'éviter que le gâchis ne soit total.

— Voilà qui est étonnant. Dans le rapport remis par vos officiers, j'avais plutôt cru comprendre que Putreh venait de se libérer de la poigne du *naïmbélé* et qu'il s'apprêtait à le refaire prisonnier. Et puis, tuer un Frère Logeur plutôt qu'un ennemi de la Confrérie ne va-t-il pas un peu à l'encontre de nos intérêts ?

— Voilà bien qui démontre votre sens restreint de la politique, Frère ! Cette action nous a attiré la sympathie de nombreux membres du Conseil des Votants qui y ont vu un rapprochement à la politique impériale. Notre influence à l'intérieur de Stilde s'accroît ainsi d'une façon inattendue. Le jour où nous recueillerons suffisamment d'appuis parmi ces mêmes Votants, nous pourrons faire basculer le pouvoir de notre côté et dicter les lois qui nous permettront de régner sur l'empire.

— Et ce jeune...Qémaël? s'enquit un Logeur orange. Ne risque-t-il pas de venir contrecarrer tous ces beaux projets? Son pouvoir sera immense une fois qu'il sera assis sur le trône. De plus, s'il acquiert celui de commander à l'Armée des Anges, cette armée résolument invincible, nous n'aurons jamais plus l'occasion de rêver de domination.

Le ton d'Ahadji perdit sa dureté.

— Il y a un côté positif dans la trahison de Putreh, c'est de pouvoir affirmer que, dans un moment crucial de l'avenir, le *naïmbélé* sera assassiné. Si, d'ici là, notre influence acquiert suffisamment de puissance au sein des Votants, il nous sera possible de bloquer toute motion visant à répéter l'expérience d'un empereur agressif. Il nous suffira alors d'attendre que Vérati, las de ses échecs, meure ou se retire de lui-même du pouvoir. Ainsi abandonnée, sans Commandant Suprême, l'Armée des Anges ne sera plus qu'une relique démodée que nous nous empresserons de faire disparaître.

Quelques applaudissements commencèrent à fuser des Loges dont les Frères étaient les partisans les plus fervents des politiques d'Ahadji. Comme aucune pulsation de lumière ne venait interrompre cette timide démonstration de sympathie, d'autres Loges se joignirent aux applaudissements pour faire bientôt crouler la salle dans un grondement assourdissant.

D'allure impassible, Ahadji demeurait immobile sur son trône au milieu de l'assemblée. Mais, dissimulé derrière le masque énergétique, un large sourire fendait son visage.

*   *   *

TROISIÈME ÉPOQUE

Chapitre XII

Le pommier trônait toujours au milieu du verger comme un vieux roi fatigué. La saison des fruits était passée et la plupart des pommes étaient tombées au sol au milieu des feuilles multicolores. L'arbre paraissait moins imposant que dans les souvenirs de Qémaël. Il est vrai que le jeune homme avait la taille d'un enfant de sept ans lorsqu'il avait vu l'arbre pour la dernière fois.

L'automne avait terni l'éclat de l'herbe dans le champ et le ciel gris accentuait l'impression de tristesse qu'inspirait le paysage. Qémaël reprit sa marche au milieu de sentiers qu'il avait bien connus et se rendit jusqu'à la pente donnant sur la rivière. Les giboulées de la veille en avaient augmenté le débit et le cours d'eau, loin du compagnon joyeux de sa jeunesse, ressemblait à un monstre furieux, prêt à dévorer quiconque se risquerait sur ses rives.

Grelottant malgré sa combinaison isolante, Qémaël choisit de revenir vers la nef. Celle-ci était posée à l'endroit où s'élevait autrefois l'étable, tout près de la maison. Cette dernière non plus ne ressemblait guère à ses souvenirs. Plus de façade à la couleur éclatante, plus de lucarnes pareilles à des yeux étonnés qui regardent la plaine... Seulement un vieux bâtiment fatigué, écaillé, terni comme une vieille grand-maman ployée sous les douleurs de l'âge, attendant que la mort vienne la délivrer de ses tourments.

Le jeune homme se demanda s'il n'aurait pas mieux valu éviter de revenir sur les lieux de son enfance afin de conserver le souvenir heureux qu'il en avait. Le fait d'être venu en automne, également, accentuait cette différence, l'attristait davantage.

Près de la nef, un Votant à la mine sévère l'attendait, accompagné de quelques soldats de l'Armée des Anges. Qémaël se doutait bien, de plus, qu'au-dessus des nuages, d'autres nefs, plus grandes, veillaient sur les alentours, s'assurant qu'aucune menace ne pesait sur sa personne.

— Nous sommes en retard, dit Vrir.

Le jeune homme détourna son visage du Votant dans une expression méprisante. Il jeta une dernière fois un regard sur la plaine, déçu de n'avoir point rencontré d'animarbres ou autres petits animaux qui lui étaient autrefois familiers. Dans un dernier adieu silencieux, il passa à la hauteur de Vrir sans le regarder et pénétra dans la nef. Son cœur se prépara à un autre événement mêlé de joie et de tristesse : il allait rencontrer Vanelle dans le monastère où elle était soignée.

Là encore, de nombreux souvenirs déferlèrent en sa mémoire. La dernière fois qu'il avait vu la jeune fille était ce jour maudit, quatre ans plus tôt, où les hommes de Putreh l'avaient jetée au fond du cratère. Depuis, pratiquement prisonnier de Stilde, il n'avait jamais réussi à obtenir la permission de quitter la planète. Régulièrement, il écrivait à Vanelle mais cette dernière, à cause de l'état dans lequel elle se trouvait, ne pouvait pas toujours lui répondre. Dans les derniers mois, les lettres de celle-ci s'étaient faites encore plus rares... et plus sombres. Qémaël avait alors insisté auprès du Conseil des Votants afin d'obtenir la permission d'aller voir la jeune fille mais ceux-ci, prétextant mille raisons, avaient toujours refusé. Ils n'aimaient pas voir le jeune homme continuer à leur tenir tête, refuser le trône et s'obstiner à entretenir l'amour qu'il avait pour sa cousine. C'est après de vives colères et des démarches auprès du Saint-Vivant lui-même que Qémaël avait enfin obtenu l'autorisation de se rendre sur Terre.

La nef venait de se poser dans un jardin mal entretenu à l'entrée du monastère. Aussitôt, une dizaine de Saintes-Mères apparut. Elles se prosternèrent devant Vrir et marquèrent encore plus de respect face à Qémaël. Elles ne laissaient ainsi aucun doute sur le fait qu'elles connaissaient le rang auquel était destiné leur visiteur.

— Je suis Mère Olivia, se présenta une femme au visage serein. Vous devez être le Seigneur Qémaël?

Sa robe était d'une teinte plus pâle, signifiant son rang supérieur au sein de la congrégation. Qémaël lui trouva immédiatement un air sympathique.

— Oui, répondit-il simplement en avançant vers la femme.

— Vanelle n'avait pas menti, dit-elle, le sourire toujours présent, vous êtes une bien jolie personne. Venez, suivez-moi. Je suis persuadée que vous mourez d'impatience de revoir votre cousine. (Tout en tournant les talons, elle s'adressa aux autres Saintes-Mères.) Vous voudrez bien accompagner tous ces Seigneurs dans le petit salon et veiller à leur offrir la collation que nous leur avons préparée.

Puis, d'un pas plus rapide, elle entraîna Qémaël dans son sillage. Ses mouvements et son allure générale, extrêmement vifs pour une femme de son âge, suscitèrent chez le jeune homme une grande admiration.

Ils traversèrent un hall modeste et s'engagèrent dans un long corridor. Les murs portaient la marque d'un âge avancé mais la propreté du lieu était remarquable.

— Votre Noblesse risque d'être bouleversée en voyant la jeune Vanelle, prévint la Sainte-Mère.

— Pourquoi? s'informa le jeune homme.

— Depuis plusieurs semaines, son état s'est aggravé. On dirait que son esprit a davantage sombré dans les tourments qui la rongent. Elle ne parle plus du tout et nous reconnaît à peine. Nous craignons... Nous craignons un peu pour sa raison.

Qémaël ferma à demi les yeux.

« Petite Vanellia, songea-t-il. Comment ne pas me sentir coupable d'avoir été assez stupide pour tomber dans le piège de Jovan et t'avoir entraînée dans cette aventure fatidique? »

— Voici sa chambre, dit la Sainte-Mère en s'immobilisant devant une porte discrète. (Elle hésita un moment puis poursuivit sans se retourner.) N'oubliez pas qu'elle a terriblement souffert des sévices qu'on lui a fait subir. Soyez aussi courageux qu'elle.

Elle frappa deux petits coups timides des jointures et ouvrit.

La pièce s'apparentait au couloir; vieille mais propre. Elle n'était garnie que d'un petit lit, d'une table de nuit et d'une chaise, chacun d'un style différent. Une grande fenêtre aux rideaux lilas dispensait une lumière douce qui baignait la chambre dans une atmosphère tranquille.

Qémaël passa devant la Sainte-Mère et pénétra

dans la pièce. Son cœur eut un sursaut imprévu. Dans le visage de la jeune fille étendue sur le lit, il venait de reconnaître la femme qu'il aimait. Ses cheveux soigneusement peignés étaient noués en une longue tresse qui frôlait son épaule. Elle était vêtue d'une robe aux motifs délicats dont la teinte s'apparentait au maquillage discret de ses paupières.

— Nous sommes chanceux, dit la Sainte-Mère. Elle semble éveillée. (Elle s'approcha du lit.) Bonjour, Vanelle. Comment va-t-on aujourd'hui?

Les yeux de la jeune fille restaient fixés sur la lumière de la fenêtre.

— Tu as de la grande visite, aujourd'hui, reprit la femme. Vois. Le Seigneur Qémaël, ton cousin. (Elle se tourna vers le jeune homme.) Approchez-vous, Votre Noblesse, et parlez-lui. Peut-être réagira-t-elle. N'oubliez pas cependant qu'elle ne peut bouger ni les bras ni les jambes. Elle ne peut que tourner la tête et parler... parfois.

Qémaël eut un petit signe de tête, l'esprit troublé par cette Vanelle immobile et amaigrie sur laquelle la femme était penchée.

— Hum, fit cette dernière. La Sainte-Mère responsable de préparer notre Vanelle à votre visite a fait preuve, en tant que membre de notre congrégation, d'un souci de coquetterie inhabituel. (Elle sourit en retournant vers la porte.) Je vais devoir enquêter sur ce curieux phénomène,

136

chuchota-t-elle d'un air espiègle tout en refermant délicatement la porte derrière elle.

Qémaël demeura seul en compagnie de la jeune fille. Immobile, il hésitait à s'approcher du lit, comme si l'état de Vanelle lui paraissait trop fragile. Il n'osait perturber le monde dans lequel semblait plongé son esprit et, pour la première fois de sa vie, craignait d'être un intrus dans l'univers de sa compagne.

Doucement, il s'assit sur la petite chaise auprès d'elle et, longuement, observa son profil. La peau avait toujours la couleur et l'aspect de douceur que sa mémoire avait conservés. Les yeux étaient aussi grands, les cheveux aussi soyeux.

Qémaël saisit entre ses doigts la petite main froide près de lui. Avec le pouce, il la caressa doucement, retrouvant toute la douceur de ces après-midi d'été où, main dans la main, ils couraient ensemble au milieu du verger.

— Vanellia, tu me reconnais?

La jeune fille ne réagit pas.

— Vanellia, c'est moi, Qémaël.

Elle demeurait obstinément muette, étrangère à l'univers auquel appartenait son corps. Ses yeux demeuraient fixés sur la fenêtre dont la lumière semblait éclairer un monde pour elle seule. Il baissa la tête pour appuyer son front contre la petite main blanche et sentit toute son impuissance. Comme un sac trop lourd sur ses épaules, un poids qui lui faisait plier les genoux et auquel il devait résister afin d'éviter qu'il l'écrase et l'empêche à jamais de se relever.

— Vanellia, petite fleur, qu'est-ce que j'ai fait de toi ?

Et, en lui, il retrouva encore l'océan. De plus en plus profond. L'océan de chagrin qui rongeait son cœur et s'attaquait sans merci à tout son être. Et cette digue également, toujours présente, qui refusait à son esprit de s'abandonner à sa peine, qui l'empêchait de laisser couler ce trop-plein de souffrance qui l'accablait. Peut-être les généticiens avaient-ils voulu faire de lui un être insensible, incapable de réagir à une émotion violente. Mais il ne s'agissait que d'un demi-succès car son âme souffrait et son corps n'avait aucun moyen d'en extirper le mal.

Il leva la tête pour reposer le regard sur Vanelle et il ressentit un choc glacial !

La jeune fille était tournée vers lui et ses yeux le regardaient intensément, emplis d'une tendresse infinie. Des larmes abondantes les noyaient et coulaient silencieusement sur ses joues. Qémaël en ressentit un si grand bonheur qu'il dut réprimer l'envie de la soulever dans ses bras et de l'étreindre contre lui. Il n'osa imaginer la tornade d'émotions qui devait également souffler dans l'esprit de sa compagne.

*   *   *

Traversant la subdistance, le signal émis par l'appareil dissimulé dans les fibres du vêtement de Qémaël était capté par le *communikat* du salon privé de Vérati. Une image tridimensionnelle de grande précision surplombait la table servant de base et le Saint-Vivant pouvait voir le chagrin de la cousine et entendre les aveux du cousin.

Il passa une main sur sa joue pour essuyer une larme. Un être sensible comme l'artiste qu'il était ne pouvait demeurer impassible devant une scène aussi émouvante. Cependant, malgré le sentiment de culpabilité qui venait également le ronger, Vérati ne se détournerait pas de ce qu'il considérait comme son devoir. Qémaël avait été conçu artificiellement afin de procurer aux humains un empereur capable de leur assurer une paix durable et il n'était pas question de sacrifier au simple bonheur de l'un la sécurité et la liberté des autres.

Il éteignit le *communikat* et attendit un moment que ses larmes eurent séché. S'efforçant de s'en tenir avec rigueur à sa politique de paix, il considéra Vanelle comme l'élément majeur du refus de Qémaël de s'asseoir sur le trône. Le conseil avait songé un moment à faire mourir la fille afin d'en détourner les pensées du jeune homme, mais ce dernier avait des réactions parfois si imprévisibles qu'on ne savait où l'aurait entraîné son chagrin.

Son goût d'indépendance et de liberté lui venait sans doute de ce qu'il avait été arraché trop tôt à la terre de son enfance. Ainsi, même si l'un des Qémaël s'était échappé à l'époque, l'attentat permettrait aux Logeurs d'obtenir le résultat escompté.

Aujourd'hui, il était trop tard pour répéter l'expérience du clonage de Saint-Qébal; l'influence des Frères de la Seconde Rédemption était devenue trop puissante au sein du Conseil des Votants. En opposant leur droit de véto à la résolution, ils pouvaient retarder le projet presque indéfiniment. Et ce n'est pas l'empereur actuel, ce pauvre Lin Sung Lan, qui possédait la force de caractère nécessaire pour s'opposer à l'agressivité des Votants.

Il était plus que temps d'asseoir Qémaël sur le trône et un seul atout restait maintenant entre les mains de Vérati : la princesse Djéhilda. Prochainement, elle fêterait ses quinze ans et on disait que déjà sa beauté surpassait son intelligence. Voilà qui n'était pas peu dire de cette enfant qui venait de remporter un succès triomphal en dissertant pendant trois heures devant la vieille garde universitaire de Balun sur un sujet aussi abstrait que « les retombées philosophiques à long terme de la foi en temps de guerre ».

Les gènes de la princesse avaient été programmés de façon qu'elle tombe éperdument amoureuse de l'homme qui lui serait présenté comme le nouveau successeur au trône. Voilà un aspect de la question facilement réglé. Mais Qémaël, lui ? La beauté de la princesse que les généticiens avaient façonnée serait-elle suffisante pour lui faire oublier sa cousine? Rien n'était moins sûr.

Mais c'était là la seule chance qui restait à Vérati. Et il allait jouer cette dernière carte... pour la survie de l'univers.

*   *   *

Chapitre XIII

Lin Sung Lan III ressentait un certain soulagement. Depuis un bon moment, il croyait que les Votants cherchaient à évincer sa famille du trône, mais voilà qu'on lui apprenait que Djéhilda serait l'épouse de l'homme choisi pour régner. Bien sûr. ce n'était pas comme si votre propre enfant tenait lui-même le sceptre impérial, mais l'époux que l'on dédiait à la princesse n'était nul autre, selon les dires des Votants, qu'un arrière-petit-fils de Saint-Qébal retrouvé par hasard dans un village perdu d'Alpharoméris. Voilà qui expliquait bien des mystères. Ce garçon éduqué en grand secret pour éviter les attentats redonnerait une nouvelle vigueur à l'empire et mènerait la société humaine vers des sommets inégalés. La princesse dont l'esprit faisait l'admiration de tous les grands de tous les mondes, mariée au descendant de l'un des héros les plus vénérés de la Grande Croisade! Lorsque le peuple allait être mis au courant de cette union hors du commun, c'est une explosion d'allégresse qui allait secouer l'univers, de Terre jusqu'à Quune.

Dans le petit salon que venait de quitter le Votant, Lin Sung Lan et Iurico étaient demeurés assis l'un près de l'autre, leurs mains jointes.

— Je suis un peu inquiète pour notre fille, dit la femme, le regard fixe.

— Inquiète, Iuri? Que crains-tu?

Elle haussa les épaules.

— Ce Qémaël. Nous n'en savons rien. Saura-t-il plaire à Djéhilda? Trouvera-t-elle un certain bonheur à vivre à ses côtés?

— Il sera un homme bon et juste, a dit le Votant.

— Agressif aussi, a-t-il précisé.

— C'est là une qualité qui a toujours fait défaut à nos ancêtres depuis qu'ils règnent sur l'empire. C'est là la qualité qui faisait défaut aux Hommes pour se rebeller contre le joug des *Innommables*.

Elle leva vers lui un regard incertain.

— Je me demande, dit-elle, si l'agressivité est réellement une qualité. Pour régner, peut-être, mais pour aimer?

144

Lin Sung Lan ne répondit pas car Djéhilda venait d'apparaître à l'entrée du salon. Vêtue d'une petite robe modeste, un livre dans les mains, elle s'avança à petits pas vers ses parents. Malgré l'aspect négligé de sa chevelure et de sa tenue, une aura d'une grande beauté l'entourait. Les lignes de son visage entre autres, se complétaient si bien, s'harmonisaient si bien entre elles qu'il était difficile de ne pas soupçonner les touches subtiles qu'avaient apportées les généticiens du Saint-Vivant. Sa voix, fine comme le cristal, résonnait comme une mélodie très douce.

— Vous m'avez fait demander? s'informa-t-elle.

— Oui, Djéhilda, répondit Lin Sung Lan. Assieds-toi avec nous, nous avons à te parler.

— S'il s'agit de mon mariage avec le descendant de Saint-Qébal, je suis déjà au courant.

— Tu es déjà...? Mais comment cela?

À petits coups de hanche, la jeune fille se tailla une place sur le divan entre ses parents.

— Je venais vous rejoindre tout à l'heure lorsque je vous ai surpris en conversation avec le Votant. Malgré moi, j'ai tout entendu. (Elle prit un air légèrement inquiet.) Il me sera présenté dans deux jours lors d'une rencontre privée, ici, au palais.

— Bon. Et quel est ton sentiment à cet égard? As-tu des oppositions à formuler au sujet de ce destin grandiose auquel tu es appelée?suffi

Son regard demeurait fixé sur le livre posé sur ses genoux.

— Ai-je réellement mon mot à dire dans les projets du Saint-Vivant, mon père? Mon rôle n'est-il point de servir l'empire en silence selon des règles préétablies? (Elle leva imperceptiblement le menton.) J'aime l'empire et je suis engagée depuis ma naissance à contribuer à son essor, quels que soient mes sentiments.

*   *   *

La pièce était petite et mal éclairée. Une table modeste avec quelques chaises constituaient le seul mobilier. Les murs dégageaient une odeur d'humus, suggérant que l'eau de pluie s'infiltrait encore parfois entre les ailes de l'abri souterrain.

Deux Logeurs silencieux, assis l'un en face de l'autre, étudiaient intensément la multitude de documents qui couvraient la table. Auprès d'eux, Ahadji, également perdu dans le déchiffrement des symboles, avait pris un air plus sévère que de coutume. Ils échangeaient des pièces, en marquaient certains endroits, mais leur mine demeurait obstinément soucieuse. Ahadji finit par balancer devant lui une liasse de documents.

— Non, dit-il. Quand bien même nous y passerions la semaine, il faut nous rendre à l'évidence : Qémaël Arinème a échoué!

— Ne dites pas cela, Votre Grandeur, protesta

Shamadan, le nez toujours dans les papiers. Certaines données peuvent être faussées. Nous n'avons pas encore confronté tous les résultats.

Ahadji eut un geste de la main.

— Les éléments qui nous restent sont mineurs et ne pourraient pas avoir une influence déterminante sur les événements.

Shamadan leva son visage rondelet, les yeux bouffis de fatigue.

— Ne sous-estimez pas le moindre élément. Il suffit souvent d'une bagatelle pour transformer une impossibilité en certitude.

— Non, Frère, le temps est maintenant trop court. Il s'est passé ou... il se passera quelque chose.

Qansor bâilla longuement en frottant son œil droit de l'index. La laideur de son visage était encore plus évidente sous la lumière trop faible qui accentuait les ombres.

— Le *naïmbélé* aura peut-être fini par découvrir l'identité de celui qu'il est allé tuer dans l'avenir. Il aura modifié les événements.

— C'est bien possible.

— L'initiative de ce crétin de Putreh, il y a quatre ans, n'aura pas été un bien grand succès. Il va nous falloir fomenter un nouvel attentat.

— Attendez! Attendez! protesta Shamadan, les coudes appuyés sur la table, les mains à la hauteur de la tête. Nous n'avons pas encore traversé le moment où Qémaël a été envoyé par Putreh. Nous en sommes encore à spéculer sur le fait qu'il a raté son coup, mais nos espions nous ont informés plusieurs fois que le *naïmbélé* a mentionné avoir bel et bien tué sa victime. Nous en déduisons qu'il a échoué parce que certains éléments nous font converger vers cette hypothèse.

— Mais pouvons-nous être certains, s'informa Qansor, que le moment de l'attentat n'est pas déjà passé? Nous n'avons jamais connu l'époque exacte où Putreh avait envoyé le *naïmbélé*.

— Ça se saurait, répondit Shamadan. Le *naïmbélé* en aurait parlé et nos espions nous l'auraient rapporté.

— Quoi qu'il en soit, dit à son tour Ahadji, le risque est trop grand à rester inactif. La seule chance « visible » indiquée par les appareils de tuer le *naïmbélé* avant qu'il n'accède au trône serait dans deux jours. Il sera seul en compagnie du Saint-Vivant, sans aucun garde avec eux, dans une petite nef, à cet endroit... (Il fouillait dans les documents et les cartes épars devant lui.) À cet endroit-ci, très exactement. C'est là que nous agirons. Il faudra prendre garde également de ne pas tuer Vérati lui-même; le peuple risquerait de le prendre très mal.

— Tandis que tuer un jeune inconnu qu'on n'a pas encore appris à vénérer se tolère un peu mieux. Putreh l'avait bien compris, lui aussi. Éliminer le seul espoir qui reste à Vérati de faire hériter un agressif du pouvoir de commander à l'Armée des Anges.

Ahadji se leva en repoussant les papiers devant lui.

— Qu'importe que Vérati périsse également dans l'attentat. Il est déjà vieux et n'est plus aux yeux du peuple qu'un symbole un peu poussiéreux. Je veux les meilleurs éléments que nous possédions pour cette mission. Peut-être Qémaël Arinème est-il réellement parvenu à s'abattre lui-même dans l'avenir mais nous mettrons toutes les chances de notre côté. Pour la survie de la Confrérie, le *naïmbélé* mourra !

*   *   *

Chapitre XIV

Djéhilda paraissait beaucoup plus âgée que ses quinze ans. Une robe aux lignes étudiées rehaussait son buste, amincissait sa taille et dévoilait de ses jambes suffisamment de formes pour ne rien laisser douter de leur perfection. Ses épaules découvertes mettaient en évidence un cou délicat, paré d'un mince collier d'argent vif. Sa coiffure, travaillée avec art, imitait les courbes de la robe, le dessin des pendants d'oreille de même que les vagues dans les broches du chignon. Et, pour dominer toute cette joliesse, le visage de Djéhilda !

Maquillée en touches subtiles qui rehaussaient un sourcil rieur, accentuaient des yeux déjà vifs, redessinaient des lèvres pourtant gourmandes, la princesse était d'une telle beauté que Qémaël en ressentit un choc douloureux. Il n'aurait pas cru possible qu'il existât, à la fois, tant de charme, de dignité et de sensualité chez une même personne. Une émotion violente secouait son âme, la retournait sans ménagement dans tous les sens. Il aurait voulu pouvoir s'y arracher mais, curieusement, il aurait également voulu y plonger pour en goûter toute l'ivresse. Il éprouva un vif sentiment de culpabilité lorsque le souvenir de Vanelle lui rappela que son cœur était déjà promis. Il se voyait coupable de remarquer le charme chez une autre femme mais, surtout, coupable de s'en sentir troublé. Le jeu de Vérati lui apparut plus clairement et il le maudit intérieurement.

L'homme à qui on l'avait présenté en tout premier lieu était le père de la jeune fille, l'empereur Lin Sung Lan. Qémaël l'avait imaginé beaucoup plus grand et plus sévère. Il fut surpris de son allure fragile et de ses gestes incertains. Contrairement à ce qu'il s'attendait également, il avait vu l'empereur et sa suite s'incliner devant le Saint-Vivant, indice non équivoque désignant celui qui détenait *réellement* le pouvoir sur l'empire.

Le jeune homme avait aussi cherché à provoquer des réactions autour de lui en exigeant d'être vêtu d'un simple uniforme d'apparât de la Maison de Stilde plutôt que du costume hautement décoré que revêtaient traditionnellement les prétendants au sceptre. Ainsi, il entretenait les rumeurs voulant que le *naïmbélé* soit réticent à accepter son héritage et obligeait Vérati à modifier le caractère officiel de leur visite au palais impérial. Celle-ci ne devenait plus qu'une rencontre protocolaire visant à renforcer les liens entre les dirigeants politiques et religieux. Sans plus. Par contre, Vérati n'en jubilait pas moins en son for intérieur puisque le but premier de son projet de rencontre était de présenter à Qémaël la récompense qu'il mériterait en acceptant son rôle de *naïmbalita* : Djéhilda. Et malgré le talent souvent démontré par le jeune homme pour dissimuler ses sentiments, il était évident que celui-ci était troublé par la princesse.

— Je suis très honorée de faire la connaissance de Votre Grandeur, dit Djéhilda de sa voix de cristal.

Votre Grandeur et non pas *Votre Noblesse*, songea Qémaël. Bien sûr, même en ignorant les véritables origines du jeune homme, la princesse connaissait la version officielle faisant de lui l'arrière-petit-fils de Saint-Qébal ; pas un titre de noblesse comme tel mais le respect des masses grâce aux actions de son illustre « ancêtre ».

— Si Votre Grandeur veut prendre place, invita un membre du Comité Protocolaire, nous lui avons réservé la chaise près de la princesse Djéhilda.

« Évidemment, répliqua Qémaël pour lui-même. Ainsi j'aurai tout le loisir d'apprécier ses charmes et de discuter en sa compagnie afin de m'assurer de la justesse de son esprit et de l'acuité de son intelligence. »

En s'asseyant, son regard rencontra celui de la princesse. Une lueur particulière dans les yeux de cette dernière l'étonna. Une lueur qu'il avait déjà perçue chez Vanelle et qu'il avait toujours interprétée comme un signe de l'amour que la jeune fille lui portait. Était-il possible qu'il ait déjà provoqué ce remous troublant dans le cœur de la princesse ? Il en ressentit à la fois fierté et crainte. Fierté de s'attirer les faveurs d'une personne dont les qualités étaient si grandes et crainte des conséquences qui pouvaient en découler.

— Les prouesses de votre aïeul, bien-aimé de tous, m'ont toujours beaucoup impressionnée, dit Djéhilda alors que les autres membres de la cour prenaient place autour d'une tribune où un spectacle de danse et de musique leur serait présenté.

— Vous m'en voyez honoré, répondit Qémaël en évitant le regard trop doux de la jeune fille. Pourtant Saint-Qébal n'était qu'un soldat accomplissant son devoir.

— Un devoir consacré à la liberté et à l'amour de la race humaine. Un tel idéal ne peut qu'être admiré.

— Sans doute.

Mais Qémaël se demanda si Qébal, à l'époque, était plus dévoué à la cause de Vérati qu'à sa paie de mercenaire.

— Vous aimez le ballet? s'informa Djéhilda en observant les premiers danseurs monter sur la scène.

Décidément, la princesse ne voulait laisser aucun répit au jeune homme. Peut-être savait-elle que le cœur de Qémaël était déjà pris et cherchait-elle à s'attirer ses faveurs. Mais le garçon en doutait. Djéhilda avait probablement reçu des instructions précises visant à créer des liens rapides avec lui.

Cet aspect du jeu l'inquiéta soudain car il avait découvert chez la princesse de nombreux attraits qui risquaient de le détourner de l'amour qu'il portait à Vanelle. Il força donc son cœur à se replier sur lui-même, à refuser cette main que semblait lui tendre Djéhilda pour l'entraîner avec elle sur le chemin de l'amitié ou, peut-être même... de l'amour.

— Vous aimez le ballet? insista la princesse en penchant la tête vers lui pour tenter de saisir son regard.

— J'aime bien les arts en général, Votre Noblesse, répondit sèchement Qémaël, mais pas cet amalgame de courbettes et de rituels qu'il vous faut subir à chaque spectacle. En fait, je préfère les rendez-vous improvisés que musiciens, chanteurs et conteurs se donnent dans les bas quartiers des villes. On assiste ainsi à des fêtes à l'état pur, sans toute cette dentelle qui entoure et voile souvent les plus beaux aspects des représentations.

La princesse demeura un moment interdite avant de se recaler, muette, dans son fauteuil. Le ton plus que les paroles de Qémaël l'avait affectée et, peu habituée à devoir dissimuler ses sentiments, elle laissa paraître sur son visage les diverses émotions qui la troublaient. Le jeune homme lorgna du côté de Vérati et constata que le Saint-Vivant n'avait rien manqué de sa réplique et en paraissait grandement déçu. Il en ressentit une certaine satisfaction.

«Je ne jouerai pas le jeu de tous ces fantoches qui laissent Saint-Vérati mener leur destin au gré des besoins de l'empire, songea-t-il. Je déteste la vie à la cour, je déteste les expressions mielleuses de tous les suivants qui cherchent à s'attirer les faveurs impériales. J'aspire à la liberté, à la vie au grand air. J'aspire à vivre en la seule compagnie de Vanelle et à la chérir, peu importe son état, jusqu'à la fin de mes jours. »

Le spectacle venait de prendre fin et Vérati, machinalement, applaudissait. Il n'avait guère suivi la performance des danseurs ni celle des musiciens, perdu dans ses pensées, confronté à l'éventualité de l'échec de l'atout Djéhilda. Il avait bien vu la princesse tenter à plusieurs reprises de renouer conversation avec Qémaël mais celui-ci, ayant visiblement deviné le piège dessiné autour de lui, lui avait chaque fois opposé des répliques sèches, accompagnées de regards furtifs qui refusaient toute tentative de communication. Lin Sung Lan et Iurico n'avaient pas manqué eux non plus le manège de Qémaël et en paraissaient également affectés.

Vérati refoula en lui un puissant sentiment de découragement. Le temps commençait à lui manquer et il se demandait s'il lui restait encore une chance de convaincre Qémaël que le destin lui réservait un avenir différent de celui auquel il aspirait. S'il ne parvenait à faire souscrire le jeune homme à son devoir, que resterait-il aux Hommes sinon le rêve trop romantique d'un Rédempteur vieillissant qui n'avait pas su donner à l'univers l'union et la force nécessaires à sa survie? Les Hommes s'entredévoreraient, le Fort écrasant le Faible, ramenant le cycle des guerres et des rébellions. Tant de larmes viendraient encore alimenter le ruisseau des peines et des souffrances.

— Votre Sainteté désire-t-elle maintenant nous accompagner dans la grande salle à manger pour le repas? s'informa Lin Sung Lan pressé d'expédier les étapes de la rencontre. Je crois que ces belles performances artistiques nous ont tous donné grand-faim.

Il y avait quelque chose de faux dans le ton de sa voix. Un mélange de tristesse et d'inquiétude qui donnait à ses paroles une teinte amère. Cette amertume s'exprimait également dans le sourire figé de Iurico.

Curieusement, bien que tout ait été mis en œuvre pour rendre le dîner agréable, chacun semblait pressé que le repas prenne fin et que la visite du Saint-Vivant et sa suite se termine. Pourtant, un simple détail était à l'origine du malaise de chacun : l'absence de communication que tous s'attendaient de voir pour établir entre Qémaël et Djéhilda. Frustrée dès le départ, la princesse n'avait plus su trouver ni le ton ni les phrases nécessaires pour établir le contact avec le *naïmbélé*. Celui-ci, de son visage le plus fermé, s'appliquait à répondre aux questions qu'on lui posait avec le moins de mots possible. Il évitait ainsi d'élaborer sur les divers sujets que de nombreux galants cherchaient à engager autour de la table.

Vérati le premier se sentit soulagé lorsque sonna l'heure de quitter la suite impériale. Il eut quelques mots discrets à l'oreille de Jorje puis esquissa les gestes et formula les paroles rituelles des dignitaires qui prennent congé. Il remarqua la détresse et le trouble qui ravageaient Djéhilda, bien que celle-ci cherchât désespérément à dissimuler ces sentiments. Elle eut un bref sourire et quelques paroles d'au revoir à l'égard de Qémaël, mais son attitude ne pouvait tromper ni l'œil exercé du Saint-Vivant ni le don du *naïmbélé* pour lire dans les âmes. Elle était désemparée de laisser ainsi partir ce jeune homme qui n'avait rien voulu dévoiler de son cœur et dont elle venait de tomber éperdument amoureuse.

Le Manteau de Commandement de Vérati demeura un moment suspendu dans les airs lorsque celui-ci le fit tournoyer pour le poser sur ses épaules. Le sigle à forme humaine qui l'ornait s'exposa à la vue de tous comme un rappel arrogant, indiquant celui qui détenait le vrai pouvoir. Il salua une dernière fois la suite impériale et se dirigea vers la sortie accompagné des Anges et d'un Qémaël plus sombre que jamais.

Le *naïmbélé*, dans ses efforts pour demeurer le plus fermé possible à ce qui l'entourait, ne remarqua pas immédiatement que les Anges avaient cessé de le suivre. Lorsqu'il prit conscience que plus aucun bruit de talon n'accompagnait son pas, il avait déjà pénétré à l'intérieur de la salle principale du *subdistanciel*. Comme il se retournait pour chercher à voir où s'étaient arrêtés les androïdes, la porte se referma brusquement, l'isolant à l'intérieur de la nef en compagnie de Vérati.

— Seigneur, lança-t-il à l'adresse du Saint-Vivant, voilà qui est anormal. Les Anges ne nous ont pas suivis à l'intérieur du *subdistanciel*.

Vérati détourna les yeux pour prendre place dans l'un des fauteuils de pilotage.

— Je sais, répondit-il simplement.

— Mais... (Qémaël leva une main, un sourcil soulevé en accent circonflexe.) Voilà qui est inhabituel. Cela contrevient aux règles les plus élémentaires de votre sécurité.

Vérati maintint son regard sur le tableau de commande, insérant une carte de données dans un geste légèrement tremblotant.

— Assieds-toi, Qémaël Arinème. Là où nous allons, seul le destin saura juger si la mort ne serait pas préférable à notre survie.

* * *

Chapitre XV

Qémaël avait observé la nef plonger dans la subdistance, franchir les *trous de ver* qui la propulsaient entre les étoiles et réapparaître enfin dans l'espace réel, gravitant autour d'un système inconnu.

Le tableau de bord avait été mis en veilleuse et seuls quelques voyants continuaient de démontrer des signes d'activités. Les lumières de la salle de pilotage s'étaient éteintes, permettant ainsi de mieux distinguer sur l'écran avant un soleil jaunâtre accompagné de nombreux globes qui tournaient autour.

— Et maintenant ? demanda-t-il. Est-il prévu que je doive m'informer de l'endroit où nous sommes ou Votre Sainteté va-t-elle s'obstiner à demeurer muette ?

Vérati tourna vers lui un visage neutre. Sa voix, par contre, était marquée d'un léger tremblement.

— Ce monde n'a pas de nom ; il est situé un peu en dehors des frontières de l'empire. Puisqu'il est inhabité, aucun des bouleversements qui ont marqué l'Histoire des Hommes ne l'a touché. (Il pointa le menton vers l'étoile.) Pas moins de vingt-huit planètes tournent autour de ce soleil. Il y a des milliers de générations, bien avant la Grande Révolte, les Hommes ont implanté la vie sur chacune d'elles. On y retrouve toute la richesse florale et faunique que nous connaissons : champs, forêts, jungles et savanes ; hirondelles, saumons, éléphants, animarbres et pierres-qui-roulent. Plus loin encore, sur des systèmes n'apparaissant même pas sur nos relevés, des explorateurs ont rapporté les mêmes informations : la vie partout. Dans chaque recoin de la galaxie, là où on ne trouvait que déserts brûlés et océans stériles, les Hommes ont ensemencé l'étincelle vivante qui permet de rendre notre univers si vibrant. À l'époque de leur agressivité, les humains ont fait preuve de beaucoup plus de créativité qu'à n'importe quel autre moment de leur Histoire.

Qémaël regardait le profil de Vérati découpé par le reflet jaune de l'étoile sur l'écran. Les traits paraissaient encore plus tirés, les rides davantage creusées. Ses lèvres trop minces s'entrouvaient à peine alors qu'il parlait. Le jeune homme lui trouva un air si vieux que, pour la première fois de sa vie, il se sentit lui-même vieillissant.

— Tous ces mondes peuvent t'appartenir de deux façons, dit Vérati. En tant qu'empereur, tu pourrais étendre les frontières de l'empire, essaimant ici et là des colonies de peuplement, donnant aux Hommes de nouveaux espaces, de nouveaux défis, pour stimuler leur goût de refaire un univers riche de vie et de mouvements. À la fois, tu redonnerais à l'économie un nouveau souffle car ces colonies apporteraient des richesses neuves et abondantes.

— Et la seconde façon? demanda Qémaël comme s'il ne connaissait pas déjà la réponse.

Vérati tourna la tête vers lui.

— Je peux t'abandonner ici dès maintenant. Tu vivrais libre et loin de l'empire, comme tu le désires. Ta vie entière ne serait que parties de pêches et joutes avec des pierres-qui-roulent. Mais ton âme serait entachée à jamais d'une faute immense : celle d'avoir choisi une vie agréable aux dépens des milliards d'individus de ta race. Il ne resterait plus à ceux-ci que le rêve d'une existence meilleure qu'ils auraient connue si tu avais voulu prendre charge de l'empire et ainsi éviter les déchirements que provoqueront les groupements divers qui chercheront le pouvoir.

— L'univers ne m'a jamais rien donné que solitude et chagrin. Pourquoi devrais-je lui sacrifier ma liberté ?

— Parce que ta liberté dépend de celle de milliards de tes semblables. Parce qu'il faut un seul...

Un voyant orange se mit à clignoter brusquement tandis qu'un « Bip » strident accompagnait chacune de ses pulsations.

— Un instant ! s'exclama Qémaël, son éducation paramilitaire déclenchant chez lui des réflexes de défense. Les instruments indiquent que quelque chose s'approche de nous. (Il pianota rapidement sur une série de boutons.) C'est une nef non identifiée. (Il ramena vers lui un panneau de contrôle et engagea le pilotage manuel.) Si un vaisseau se dirige vers nous dans ce coin perdu de l'univers, c'est qu'il nous a pris en chasse. (Il regarda Vérati.) À moins que vous n'ayez demandé aux Anges de nous suivre ?

— L'Armée des Anges ne parcourt pas l'espace dans des vaisseaux non identifiés.

Un panneau complet s'illumina tandis qu'une forte secousse ébranlait l'appareil.

— Le bouclier de protection vient d'être touché, lança Qémaël sur le ton du reproche plutôt que de la simple information. Ah, elle est brillante votre idée de fuguer un moment loin de vos androïdes !

— Ce sont les soldats de la Loge, dit simplement Vérati en s'efforçant de conserver un ton inexpressif. Ils cherchent surtout à t'abattre, toi.

J'espère seulement que si je meurs dans cette attaque, le peuple se révoltera suffisamment pour cesser d'appuyer cette bande d'ambitieux.

— Eh bien, personnellement, j'espère bien survivre, répliqua Qémaël avec une ironie empreinte de colère. Je vais...

Une nouvelle secousse se fit sentir. Le jeune homme eut un grognement semblable à celui d'un félin qui se sent menacé.

— Nous n'aurons jamais le temps d'atteindre la vitesse suffisante pour plonger dans la subdistance. Plus de choix possible, il faut jouer à cache-cache.

Il propulsa la nef en direction du système planétaire et lui donna une course erratique qui la ralentissait mais rendait plus difficile le calcul des tirs des poursuivants.

— Si nous pouvons atteindre cette planète, là-bas, nous avons une chance.

— Il leur sera beaucoup plus facile de nous détruire immobilisés au sol plutôt qu'en course autour de l'étoile.

— Pas si je parviens à atteindre ce que j'ai repéré il y a un moment. Tenez-vous bien car ça va secouer.

Deux nouveaux tirs manquèrent leur cible, ce qui sembla forcer les poursuivants à accélérer la vitesse, donnant un rythme encore plus rapide à la poursuite. Leur vélocité était de beaucoup supérieure à celle de la nef de Qémaël mais celui-

ci, déjà, plongeait dans l'atmosphère de la planète la plus proche.

— Tu entres beaucoup trop rapidement,
s'inquiéta Vérati. Le bouclier ne résistera pas.

— Il résistera mieux à cette rentrée brutale
qu'aux tirs des Logeurs.

Vérati était crispé à son fauteuil mais ce n'était
pas l'idée de la mort comme telle qu'il craignait,
c'était l'idée de mourir avant d'avoir accompli
ses desseins.

— Là! Devant nous, dit-il soudain. On dirait...

— Une tempête tropicale! lança Qémaël. Si je
peux y plonger, ils vont avoir de la difficulté à
nous repérer.

— La nef va voler en morceaux!

— Qu'est-ce que vous racontez? On n'en est
plus à ces vieilles coquilles molles de votre jeune
époque. Vissez-vous bien dans votre fauteuil et
laissez-moi faire. Les Logeurs n'ont encore rien
vu.

D'une brusque manœuvre, Qémaël fit plonger
la nef dans l'œil de la tempête, disparaissant sur
les écrans de ses poursuivants. Strié d'éclairs,
malmené par les courants violents, l'appareil
piquait en direction du sol sans que Qémaël
cherche à en réduire la vitesse. Ce n'est que lorsque les instruments de bord déclenchèrent une
série d'alarmes indiquant l'écrasement imminent
du vaisseau qu'il lui fit effectuer un brusque
virage à quatre-vingt-dix degrés, laissant l'ordi-

nateur diriger le vaisseau à quelques mètres du sol, ondulant la course au gré des accidents de terrain. Tous ces mouvements brusques eurent raison de l'estomac de Vérati et celui-ci tourna la tête pour vomir aux côtés de son fauteuil.

Puis, d'une autre manœuvre tout aussi brusque, Qémaël stoppa la course du vaisseau et le posa sans ménagement au milieu d'une brousse clairsemée.

— Il nous sera plus facile de nous cacher si nous évitons de sortir entièrement de la tempête, dit-il. Ici, les courants sont quand même beaucoup moins forts, nous allons en profiter pour quitter l'appareil.

— Q... Quitter l'appareil? Mais pourquoi?

Qémaël détacha la ceinture retenant Vérati et l'aida à se lever du fauteuil.

— Parce que les Logeurs nous auront repérés dans deux minutes et qu'ils vont tout faire sauter. Personnellement, je préfère être à l'extérieur, dans la tempête.

Le jeune homme fit ouvrir la porte et l'air extérieur pénétra dans le vaisseau avec furie.

— Ça va?

Essayant de reprendre son souffle coupé par la bourrasque trop forte, Vérati eut un signe de tête affirmatif.

— Essayons de nous rendre sur le coteau rocheux, là-bas. Il y a de nombreuses anfractuosités ; nous pourrons nous y cacher.

Les deux hommes se précipitèrent en dehors de la nef pour traverser la plaine broussailleuse qui les séparait du coteau. Les rafales de vent les frappaient de biais, mais avec une force telle qu'ils avaient de la difficulté à maintenir leur équilibre. Du sable s'infiltrait dans leurs yeux, leur nez, leur bouche et ils ne parvenaient à respirer que difficilement. Le sol mouillé témoignait des pluies qui s'étaient abattues un peu plus tôt, tandis que le ciel se parait encore d'éclairs aveuglants aux coups de tonnerre assourdissants.

Autour d'eux, quelques arbres s'agitaient violemment en laissant entendre des craquements d'agonie alors que plusieurs branches arrachées étaient poussées sans ménagement, comme s'il ne s'était agi que de vulgaires brins d'herbe. Celles-ci représentaient un danger difficile à prévenir et les deux hommes se sentirent soulagés lorsqu'ils parvinrent à atteindre la masse rocheuse.

Alors qu'ils venaient de repérer une anfractuosité suffisamment large pour leur permettre le passage, une violente explosion les projeta au sol. Le vent semblait souffler dans toutes les directions à la fois tandis qu'une pluie de cailloux et de sable s'abattait tout autour d'eux. Aplati au sol, les mains sur la tête, Qémaël attendit un moment que la tempête eût retrouvé son rythme puis risqua un œil par-dessus la paroi rocheuse derrière laquelle il s'était protégé. Une épaisse fumée noire s'échappait de la nef dont l'un des flancs était largement ouvert. Le tir des Logeurs ne l'avait pas frappée de plein fouet, indiquant que la tempête avait faussé la visée. Sans doute maintenant l'ennemi allait-il venir s'assurer que les deux hommes avaient bien péri dans l'attaque.

Du regard, Qémaël cherchait la trace du vaisseau ennemi lorsqu'il sentit une vibration émaner du sol. Un peu à la façon d'un tremblement de terre, les secousses étaient accompagnées d'un grondement sourd qui rendait encore plus pénible à supporter l'atmosphère étouffante de la tempête.

Vérati également semblait ressentir le phénomène et, cherchant autour de lui ce qui pouvait le provoquer, lança un cri à l'adresse de Qémaël.

— Là ! Regarde !

À leur droite, distribuées tels des soldats en rang, des pierres de haute taille tremblaient sur leur base. Tout d'abord, les deux hommes pensèrent que ce tremblement des pierres venait des vibrations émanant du sol. Mais constatant l'immuabilité des autres masses rocheuses tout autour, ils conclurent rapidement que c'étaient les pierres elles-mêmes qui provoquaient les secousses.

— Là ! hurla de nouveau Vérati. Sur notre gauche également... et au-dessus de nous. Nous sommes entourés !

Qémaël n'avait jamais vu de pierres-qui-roulent de si grande taille. Jusqu'à deux fois la hauteur d'un homme. Le troupeau avait sans doute été surpris par la tempête, ce qui l'avait rendu excessivement nerveux. Maintenant, l'explosion provoquée par le tir des Logeurs l'avait amené au bord de la panique et il suffisait d'un rien pour provoquer de la part de ces mastodontes une ruée aveugle et meurtrière.

Le jeune homme repoussa Vérati à l'intérieur d'une faille à peine assez large pour lui livrer passage et l'obligea à y rester retranché.

— Ne bougez plus d'ici! ordonna-t-il. Si la débandade éclate, il ne fera pas bon se trouver à terrain découvert. Il faut attendre...

— Regarde!

Le doigt de Vérati pointait en direction du ciel. La silhouette noire d'un vaisseau venait d'apparaître au-dessus de leur nef. Qémaël reconnut les lignes d'un modèle récent et particulièrement rapide. Il se tassa contre Vérati afin de se fondre le plus possible dans l'ombre de la masse rocheuse.

— Ils vont descendre s'assurer que nous sommes bien morts à l'intérieur. Heureusement, le vent a déjà effacé nos traces dans le sable.

— Pourquoi ne détruiraient-ils pas tout simplement ce qui reste du vaisseau?

— Parce qu'ils n'auraient aucune chance d'identifier par la suite les cadavres se trouvant à l'intérieur. Ils veulent s'assurer que nous sommes bel et bien les passagers du vaisseau.

Comme pour appuyer les paroles de Qémaël, la nef se posa au sol. Après un moment d'attente, une dizaine de Frères, vêtus de la toge brune de la Garde, apparurent à l'entrée. Longuement, ils scrutèrent les alentours, sans doute intrigués par les vibrations. Mais à cette distance, et à cause de la tempête, ils ne sauraient distinguer les pierres-qui-roulent du reste de la masse rocheuse.

Qémaël saisit entre ses mains le petit *uraniseur* qu'il portait à sa ceinture et chercha à réprimer l'inquiétude qui venait de le gagner. Il s'attendait de voir trois ou quatre Logeurs au plus. Comment pourrait-il résister à dix hommes lorsque ceux-ci, après avoir constaté que la nef était vide, entreprendraient les recherches pour les retrouver ? Ils les repéreraient rapidement dans cette anfractuosité où ils s'étaient retranchés.

— Ils sont nombreux, fit à son tour remarquer Vérati, visiblement aux prises avec les mêmes inquiétudes que Qémaël.

— Deux hommes seulement pénètrent dans la nef, les autres demeurent en retrait dans l'éventualité d'un piège.

Qémaël et Vérati n'eurent pas à attendre bien longtemps pour voir les deux hommes réapparaître. Ils semblaient à la fois étonnés et furieux de n'avoir trouvé personne à l'intérieur du vaisseau.

L'un d'eux, qui paraissait détenir un grade supérieur à ses compagnons, lança une série d'ordres afin d'organiser une battue. Trois autre Logeurs apparurent également dans l'ouverture de la nef, augmentant d'autant les adversaires à éliminer.

— Si on les laisse se disperser aux quatre horizons, dit Qémaël, on ne pourra jamais les rejoindre un à un pour les neutraliser.

— Que veux-tu dire? s'étonna Vérati. Il te sera beaucoup plus facile d'abattre les trois ou quatre qui se dirigeront par ici plutôt que de les combattre tous. Nous fuirons ensuite…

— Voyez les émetteurs qu'ils portent à la ceinture. Ils sont tous en contact perpétuel. Dès mon premier tir, les autres rappliqueront de tous côtés et nous risquons d'être cernés. Je dois m'efforcer de les garder regroupés.

Qémaël dissimula son arme dans sa ceinture derrière son dos et s'extirpa de l'anfractuosité.

— Que fais-tu? lança Vérati en tentant de tirer le jeune homme vers lui. Tu es fou?

— Restez bien caché afin qu'on ne vous voie pas, répliqua ce dernier sans se retourner. Je vais tenter une manœuvre un peu particulière. (Il prit une longue inspiration.) Priez Saint-Qébal qu'il me vienne en aide. Je vais en avoir besoin.

Ignorant les nouvelles protestations de Vérati, Qémaël s'exposa de nouveau au vent violent qui, cette fois, le fouettait dans le dos. Il quitta la masse rocheuse et se dirigea d'un pas mesuré vers les vaisseaux. Immédiatement, les Logeurs l'aperçurent et pointèrent le canon de leur arme dans sa direction. Le jeune homme leva les bras au ciel en signe de reddition, tout en priant pour que les Frères ne cherchent pas à l'abattre immédiatement.

Il se félicita d'être parvenu à son premier objectif : éviter que les Logeurs ne se dispersent. Ils étaient là, tous les treize, près de la nef, leur arme pointée vers lui, le regard étonné de le capturer aussi facilement. Le chef paraissait plus nerveux que ses subalternes. Il scrutait la plaine, tant devant que derrière, cherchant Vérati du regard, flairant le piège.

« L'absence de Vérati les inquiète, songea Qémaël. C'est ce qui les rend le plus nerveux. Ils me tiennent en joue distraitement et ne me considèrent que comme un appât devant les détourner d'un danger autre. Ils me donnent ainsi une fraction de seconde supplémentaire pour réagir. »

Qémaël approchait d'une petite butte à mi-chemin entre les vaisseaux et la masse rocheuse. La pierre de taille modeste qui la surmontait, lui fournissait un écran tout juste capable de le dissimuler. Lorsque vint le moment d'agir, les réflexes particuliers du garçon ne laissèrent aucune chance aux Logeurs de réagir à temps.

D'une soudaine détente de la jambe vers la droite, il plongea au sol et effectua une rapide roulade sur lui-même en direction de la butte. Surpris, les Logeurs tirèrent sans viser, créant une ligne de petits cratères qui suivait le mouvement du garçon. Mais, en une seconde à peine, celui-ci était parvenu à se retrancher derrière la pierre, hors d'atteinte des *uraniseurs* dont les éclairs continuaient de faire voler le sable autour de lui. Il fallait maintenant éviter que les Logeurs ne se déploient en demi-cercle et ne viennent le contrer de chaque côté de son abri. Dégainant *l'uraniseur* dissimulé dans sa ceinture, il tira, contre toute attente, en direction de la masse rocheuse. La vibration augmenta au sol lorsque la pierre qu'il venait de toucher à un endroit bien précis se mit à rouler sur le sable. Sur son passage, elle heurta une seconde pierre qui la fit dévier de sa course et les deux rochers s'élancèrent à vive allure vers les vaisseaux. Deux nouveaux tirs de Qémaël n'attirèrent pas moins de cinq nouvelles pierres-qui-roulent et ce fut bientôt presque toute la masse rocheuse qui donnait l'impression de s'être ébranlée dans sa direction.

Les armes des Logeurs se tournèrent rapidement vers ce danger inattendu et, comme le prévoyait Qémaël, l'impact provoqué par les tirs ne fit qu'attirer davantage les pierres-qui-roulent.

Le jeune homme se leva sur ses genoux et tira deux éclairs rapides avant de disparaître de nouveau derrière son abri. Les deux Logeurs les plus proches de l'entrée de la nef s'écroulèrent.

La tactique de Qémaël était simple : éviter que l'ennemi ne se réfugie à l'intérieur du vaisseau alors que les pierres fonçaient en écrasant tout sur leur passage. Les hurlements de panique des Logeurs étaient maintenant perceptibles malgré le souffle de la tempête et le grondement provoqué par les pierres. Deux nouveaux tirs de Qémaël couchèrent autant d'ennemis et le jeune homme ne chercha plus à se protéger derrière l'abri tant la débandade était grande parmi les Frères. Trois d'entre eux seulement cherchèrent à atteindre l'entrée du vaisseau mais le jeune homme ne leur laissa pas le temps de franchir le seuil. Ils s'écroulèrent presque au même instant à plusieurs mètres encore de leur but.

Le grondement était devenu infernal alors que le troupeau de plusieurs dizaines de pierres-qui-roulent était presque parvenu à la hauteur de Qémaël. Le spectacle était hallucinant ! Un véritable mur rocheux jusqu'à deux fois la hauteur du garçon fonçait droit dans sa direction en ne laissant entre les pierres que quelques espaces étroits par lesquels il faudrait des réflexes surhumains pour se faufiler. Qémaël lui-même douta de ses moyens.

Il empoigna son arme à deux mains et, après un rapide calcul, tira selon un angle très étroit, sur la face droite d'une pierre devant lui, la frôlant à peine. Celle-ci dévia légèrement de sa course, heurta une seconde pierre à ses côtés et toutes les deux s'écartèrent l'une de l'autre en arrivant à la hauteur de Qémaël. Ce dernier plongea dans l'espace ainsi créé et n'eut que le temps de sauter par-dessus une pierre de dimension plus modeste qui suivait juste derrière. Maintenant au milieu du troupeau, il tira une nouvelle fois pour ouvrir un autre passage devant lui. Cette seconde rangée de pierres, plus nombreuses et plus serrées entre elles, ne permit qu'un mince corridor entre deux masses énormes et c'est en plongeant au sol, le visage presque enfoui dans le sable que Qémaël parvint à éviter les mastodontes. Rapidement, il se remit sur pieds et constata avec soulagement que le nombre et la dimension des pierres venaient de chuter brusquement. Il n'avait plus qu'à sauter ici et là, courant parfois à gauche ou à droite pour éviter les derniers membres du troupeau.

Des bruits de métal froissé résonnèrent pendant un moment alors que plusieurs pierres se heurtaient à la coque du vaisseau, l'abimant grandement. Les membres du troupeau s'entre-choquèrent davantage en se dispersant sur une étendue encore plus large puis finirent par disparaître un à un dans des nuages de poussière poussés par le vent. Malgré les bourrasques toujours aussi fortes, le paysage paraissait calme.

Prudemment, Qémaël compta le nombre de Logeurs étendus sur le sol. Il les dénombra tous les treize. Sept abattus par son arme, les autres écrasés par les pierres. Il courut à l'intérieur de la nef ennemie et s'assura qu'aucun membre du commando n'y était demeuré depuis l'arrivée. Satisfait, il repéra un *communikat* à l'aide duquel il émit un signal de détresse. D'ici quelques heures, les appareils de détection sophistiqués de l'Armée des Anges les auraient repérés et ceux-ci viendraient à leur secours.

Qémaël observa l'extérieur et une étrange

impression de déjà-vu l'envahit. Il en ressentit une désagréable sensation de nausée qui se traduisit par un sentiment de chagrin mêlé de remords. Une soudaine évidence venait d'apparaître à ses yeux et celle-ci le troubla davantage.

Réprimant un certain tremblement, il fit avec son bras un signe ample en direction de la masse rocheuse afin d'inviter Vérati à sortir de sa cachette.

* * *

Chapitre XVI

L'intensité du vent avait diminué de beaucoup. Quelques arbres étaient bien malmenés encore ici et là, mais rien pour en arracher les branches ou en tordre les troncs. Quelques tourbillons soulevaient encore un peu de sable là où les accidents de terrain produisaient des contre-courants mais la plaine commençait à s'éclaircir et l'horizon visible reculait sans cesse. Des éclairs continuaient de strier le ciel, mais le tonnerre désormais lointain n'était plus qu'un grondement léger, indice des derniers soubresauts de l'orage.

Dos au vent, face aux nuages illuminés qui indiquaient la position du soleil couchant, Qémaël gardait un visage aride comme le désert. Les jambes bien droites, les mains appuyées à sa ceinture, les cheveux battant de chaque côté de son visage, il ressemblait à un farouche conquérant jaugeant ses campagnes. Près de lui, Vérati, l'échine un peu courbée, gardait la tête basse. Son manteau de Commandement Suprême poussé par le vent le recouvrait entièrement de son imposant sigle à forme humaine. Ses cheveux aussi battaient de chaque côté de son visage mais, curieusement, au contraire de Qémaël, lui donnaient un air de défaite.

— Savez-vous que c'est en ce lieu, en ce temps, que j'ai été envoyé dans l'avenir, il y a quatre ans, pour abattre l'homme en compagnie du Saint-Vivant?

Vérati s'assit sur le tronc d'un arbre abattu par la tempête. Son regard n'arborait aucune surprise.

— Je savais simplement que le moment approchait, répondit-il. Malgré les instruments de plus en plus sophistiqués, l'avenir demeure difficile à lire. Parfois, il est d'une grande limpidité mais, en d'autres occasions, il demeure impénétrable et obscur.

— Ainsi donc, depuis le début, c'est à ma vie que les Frères de la Seconde Rédemption ont cherché à porter atteinte.

— Ils ne veulent pas voir un agressif prendre la tête de l'empire. Seule l'invincibilité de l'Armée des Anges les dissuade de renverser le pouvoir par la force. Le jour où les Anges seront sans gouverne, ils passeront à l'attaque sans hésiter, usant du moindre prétexte pour justifier leur action aux yeux du peuple.

— Le peuple n'a pas l'agressivité voulue pour leur résister.

— Tant qu'ils ne détiennent pas le pouvoir, la sympathie du peuple leur est nécessaire pour conserver l'unité.

Qémaël tourna la tête pour regarder Vérati dans les yeux.

— L'avenir peut-il être modifié? demanda-t-il d'une voix à l'expression contenue.

Le Saint-Vivant haussa les épaules en cherchant à fuir le regard du jeune homme.

— Pour le savoir, il faudrait pouvoir connaître *exactement* l'avenir. Si j'insiste tant pour te convaincre de prendre le trône, c'est que les instruments n'ont pu lire nulle part que tu tiendrais le sceptre. Si les Logeurs cherchent tant à t'abattre, c'est qu'ils n'ont pu lire nulle part que tu ne le tiendrais pas. Les uns comme les autres, nous cherchons à modifier en notre faveur des futurs probables.

— Je connais *exactement* l'avenir, répliqua Qémaël en se replaçant face au couchant. Je sais qu'en ce lieu, en ce jour, un homme venu du passé apparaîtra pour m'abattre. Si je l'abats avant... Si je m'abats moi-même, quatre ans plus tôt, quel sera l'effet sur ma propre existence actuelle?

Il s'était mis à murmurer, comme si sa question s'adressait plus à lui-même qu'à Vérati. Il ne cherchait pas à s'assurer que le Saint-Vivant avait bien entendu ses paroles car il savait que ce dernier, autant que lui, en ignorait la réponse. Il l'entendit quitter le tronc de son arbre pour se rapprocher. Il y eut une longue pause où les deux hommes, immobiles, fixaient les rayons orange du soleil couchant qui perçaient la queue de l'orage. Qémaël respirait lentement, goûtant chaque aspiration comme s'il s'agissait de la dernière. Il eut conscience que Vérati faisait quelques pas derrière lui mais il garda les yeux sur l'horizon. Il sentit deux mains se poser sur ses épaules en même temps qu'un col d'hermine caressait sa nuque. Deux pans de manteau, poussés par le vent, claquèrent de chaque côté de lui et il sentit une chaleur bienfaisante remplacer la fraîcheur de la bise. Il tourna la tête vers Vérati dans un mouvement brusque.

— Que faites-vous?

Le Saint-Vivant paraissait encore plus frêle sans l'imposant manteau qui le recouvrait continuellement.

— À quoi bon tenter le destin? Les Frères de la Seconde Rédemption t'ont envoyé abattre l'homme qui accompagnait celui portant le manteau de Commandement Suprême, alors soit. Ne cherchons pas à modifier les événements. D'autres impondérables, plus dramatiques encore, risqueraient de survenir. Ce manteau t'appartient désormais. Use de son pouvoir avec sagesse; toujours pour défendre tes frères humains, jamais pour les opprimer.

— Mais vous êtes f... Je n'accepte pas que vous me donniez ainsi votre manteau. J'ai...

— Tais-toi, Qémaël Arinème! coupa Vérati avec une autorité nouvelle dans la voix. D'abord, je ne te donne pas ce manteau, je l'échange. Contre ce coutelas qui ne te quitte jamais et que tu portes au cou pareil à un talisman. Il ne te sera d'aucune utilité désormais puisque tu connais celui que tu étais venu tuer et sais que ce dernier est prêt à accepter son destin.

— Vous divaguez! répliqua le jeune homme en saisissant le poignet de Vérati dont la main venait de se refermer sur le coutelas. Ce sont nos destins que vous cherchez à échanger, pas nos fétiches.

— Qu'en sais-tu puisque tu n'as jamais vu le visage de celui que tu as abattu?

Qémaël ne trouva pas à répliquer. Son visage conservait une expression farouche avec ses mâchoires serrées, ses sourcils froncés... Mais son visage exprimait une telle détresse que Vérati s'en trouva ému. Il tira le coutelas vers lui et le jeune homme n'opposa plus de résistance.

— Les temps ont changé, reprit-il en observant distraitement la lame sous tous les angles. Je n'ai plus ma place à la tête de l'univers. L'humanité a besoin d'un souverain mieux adapté au nouvel essor qu'elle s'est donné. Ton agressivité ne devra pas servir la guerre, elle devra servir l'adversité; cette adversité stimulante qui enflamme la créativité et engendre les idées neu-ves. Le souffle frais de création qui s'ensuivra replacera la Vie sur la voie naturelle de l'évolu-tion des corps et des esprits.

— Au prix de ce qui m'est le plus cher! Ma liberté au service d'un univers auquel je n'ai nulle appartenance. Vous-même m'avez avoué que j'étais issu des cellules d'un homme mort, il y a des générations!

— Oui. Et tu es bien cet homme, dit Vérati. J'en reconnais la fougue, l'indépendance. J'en reconnais l'amour de la liberté. Mais cette liberté est-elle plus importante à ton cœur que ton amour pour Vanelle?

Il remarqua l'impact qu'il venait de provoquer dans le cœur du jeune homme par les tics subtils qui modifièrent pendant une fraction de seconde les traits sur son visage. Il sut qu'il venait de marquer un point important. Lente-ment, il fit quelques pas et s'assit sur le sable, une épaule appuyée contre une pierre proche.

— En tant qu'empereur, poursuivit-il, tu auras toute autorité sur les hommes de science. Ils sau-ront sans doute accéder aux désirs de leur sou-verain et redonner à une jeune fille infirme toutes les facultés que celle-ci possédait avant... son *accident*.

Le cœur de Qémaël battit à un rythme diffé-rent et son esprit se mit à vaciller alors que l'image d'une Vanelle regorgeante de santé, cou-rant dans les champs, remontait à sa mémoire et qu'il songeait que cette image n'était peut-être pas évanouie à jamais. Il reprit une expression dure et sa voix demeura sévère.

— Votre marchandage m'écœure, dit-il. Il est indigne d'un saint homme.

— Tous les coups sont permis pour conserver ce que nos cœurs ont de plus cher, répondit Vérati. Je te propose un marché, certes, mais un marché où tous deux nous trouverons notre compte. Tu conserves la vie à la femme que tu aimes par-dessus tout et je conserve une chance de survie à cette humanité que j'aime par-dessus tout. Tous les deux, nous y gagnons. Cependant, la condition première à ton accession au trône est ton alliance avec Djéhilda. À titre d'époux, ton devoir sera de lui être fidèle et de ne plus jamais chercher à retrouver l'amour de ta cousine.

Qémaël porta son regard au ciel en levant les bras en signe de dérision.

— Quel beau marché vous me proposez là! Vraiment, je ne vois pas la moindre raison de refuser. (Il se planta directement face à Vérati.) Que croyez-vous donc? Qu'il me suffit de savoir Vanelle en santé quelque part sur une planète quelconque pour me rendre le bonheur? J'ai besoin d'elle. Ma liberté commence là où elle se trouve.

— Oublie ta liberté, il n'en est plus question désormais, et commence à songer à Djéhilda. Ton avenir est intimement lié au sien. C'est une fille merveilleuse qui saura tout autant te combler de bonheur.

— Je me moque éperdument de Djéhilda!

— Mais elle t'aime.

— Elle ne me connaît pas, comment pourrait-elle m'aimer? Et puis la question n'est même pas là.

— Djéhilda t'aime, insista Vérati avec une intonation étrange dans la voix.

— Vous lui avez fait croire qu'elle aimerait le premier venu à qui l'on avait promis le trône impérial. Une fille d'une telle beauté peut, d'un seul regard, faire fondre le plus endurci des cœurs... et elle ne l'ignore pas. Lorsqu'elle aura l'âge nécessaire, elle saura choisir parmi tous les galants de la cour qui ne manqueront pas de la courtiser.

— Djéhilda est née pour offrir une lignée impériale au *naïmbalita*. Dès l'instant où elle a vu le jour, sa destinée était tracée: vivre pour aimer et servir l'empereur, porter et mettre au monde ses descendants. Djéhilda a vu le jour avec en son code génétique un amour total et absolu pour l'homme qui deviendrait le *naïmbalita*.

— Djéhilda n'a pas... Que dites-vous? Que venez-vous de dire?

Qémaël s'avança presque menaçant vers Vérati. Celui-ci détourna le regard sans répondre.

— Qu'avez-vous voulu dire? insista le garçon.

Le silence têtu de Vérati le convainquit de la réponse.

— Programmée! Programmée pour m'aimer. Programmée pour être belle et pour que l'on tombe amoureux d'elle. Programmée pour offrir une *belle* progéniture princière et pour aimer l'homme à qui on la destine... Une machine. Une machine de chair et de sang.

— Et alors? explosa soudain Vérati. Oui! Oui, Djéhilda a été préparée en fonction du rôle auquel elle est destinée. Mais quel empereur se plaindrait du cadeau ainsi offert? Une femme *parfaite* en tous points. *La* femme idéale pour le soutenir et régner à son côté.

— Une femme parfaite pour le destin que *vous* lui avez tracé.

— Depuis quand choisit-on sa destinée?

— Depuis quand choisit-on celle des autres?

Vérati poussa un juron entre ses dents, se releva et fit quelques pas au milieu d'un tapis d'herbes roses.

— Écoute-moi bien, reprit-il en inspirant profondément pour laisser glisser en lui le flux d'amertume qui cherchait à l'envahir. Tu n'as pas connu l'horreur qui pesait sur cet univers à l'époque de Saint-Qébal. Les Hommes ont subi des sévices que tu ne peux imaginer. Maintenant, ces temps sont finis et l'Homme est revenu instaurer la paix parmi les étoiles. Mais cette paix a un prix, le prix que doivent payer quelques êtres dont l'existence sera sacrifiée pour éviter que le chaos ne revienne en surface. Ces êtres sont toi, Djéhilda et quelques autres encore dont moi, moi qui ai été arraché à ma musique bien-aimée afin de combattre pour la Liberté !

— Eh bien, moi, je me refuse à être manipulé. Je me refuse à laisser quelqu'un d'autre diriger ma destinée. Je veux être mon propre maître, mon propre manipulateur.

— Mais nul ne sera ton maître ou ton manipulateur car nul n'est le maître d'un empereur !

— Je serai le sujet de mes sujets, l'esclave de mes gens et de mon époque. Mon esprit sera continuellement déchiré entre le besoin des uns et le désir des autres, ballotté entre l'amour des miens et la haine de ceux qui me jalouseront.

Vérati ne répliqua pas. Il s'assit de nouveau sur le sable en appuyant son épaule contre le rocher. La tête basse, il caressait le coutelas entre ses doigts, le corps secoué parfois par quelques sanglots mal réprimés. Qémaël lui avait tourné le dos, exposant comme avec ironie le sigle du pouvoir brodé sur le manteau.

Sa tête brûlait d'un feu venu des tréfonds de son âme et il cherchait désespérément la voie qu'il lui fallait suivre. Peu importe la décision qu'il allait prendre, Vanelle lui était arrachée à tout jamais, insaisissable comme un rêve au réveil. Sans elle, il ne lui restait de la liberté qu'un goût amer de solitude et de chagrin.

Quelques éclairs zébraient encore le ciel couvert de nuages. Au milieu d'une éclaircie, le garçon aperçut le soleil disparaître derrière l'horizon.

— Ce sera bientôt le moment, dit-il sans se retourner.

— Je sais, répondit Vérati, la voix tremblant davantage de chagrin que de peur. Je vais mourir comme j'ai toujours vécu ; dans l'ignorance. Ignorance du destin rédempteur qui m'avait été assigné, ignorance de ce qu'il adviendra de la liberté toute nouvelle dont bénéficient les Hommes.

— Il est encore possible de chercher à modifier les événements, Votre Sainteté ; empêcher un être venu du passé de...

— Non. Cette issue m'apparaît encore plus trouble. Tu sais, les voies du Créateur m'ont toujours paru bien tortueuses et je ne m'y suis jamais retrouvé. (Il eut un geste de la main.) Maintenant, va. Éloigne-toi un moment, j'aimerais me recueillir.

Qémaël hésita, sachant qu'un autre lui-même, de quatre ans plus jeune, pointait vers eux une arme meurtrière.

— Va, insista Vérati. Ce moment ne t'appartient plus ; il est mien.

— Je serai empereur, répliqua Qémaël comme s'il voyait là une façon de modifier la décision du Saint-Vivant.

Au milieu de ses larmes, ce dernier esquissa un faible sourire.

— Voilà qui me rassure, dit-il après un long silence. Le sacrifice que fut ma vie et celui que représente également ma mort n'auront pas été vains. Les Hommes pourront espérer jouir de la liberté pour les prochaines générations.

Qémaël, la tête haute, fit quelques pas en direction de la plaine. Le sacrifice de sa propre liberté, de son propre bonheur en échange de ceux de toute l'humanité. Aux yeux de certains, il s'agirait de bien peu à donner mais pour lui, il s'agissait de l'offrande ultime, plus grande encore que sa vie elle-même. Donner son âme à un univers auquel il n'avait même pas le sentiment d'appartenir.

Il tourna les talons et vit le corps affaissé de Vérati. Le coutelas qu'il tenait entre ses doigts un moment plus tôt avait disparu. Qémaël ne chercha pas à poursuivre la silhouette qu'il vit se fondre derrière l'ombre d'un rocher. Il leva simplement la tête au ciel et suivit du regard la course du vaisseau qui venait d'y apparaître.

De nouveau, l'océan monta dans ses yeux et au chagrin, cette fois, se mêla le remords procuré par la peine qu'il causerait à Vanelle. Sans doute ses gènes n'avaient-ils pas été programmés pour en supporter plus. La digue céda enfin et, en un instant, son visage se noya de larmes.

*   *   *

Chapitre XVII

Le corps de Vérati, enveloppé d'un linceul, disparut dans une boule de lumière pure. À travers les champs protecteurs entourant le vaisseau, l'explosion apparut fortement orangée et les instruments réglèrent au minimum les convertisseurs visuels afin d'éviter qu'ils ne soient endommagés. Face au *communikat* de la salle de pilotage, Qémaël, les yeux enflés, observa l'image s'assombrir et ne laisser qu'un horizon constellé d'étoiles.

Seul en compagnie des androïdes, il n'avait nulle envie d'afficher les attitudes nobles exigées par son nouveau rang. Ayant abandonné sur le sol le manteau de Commandement Suprême, il s'était cantonné dans le fauteuil de pilotage sans plus de grâce, les jambes recroquevillées sous lui. Il adoptait la position de l'enfant pelotonné sous les couvertures et cherchait l'apaisement du cœur et de l'esprit.

— *Naïmbélé*, dit Jorje de sa voix la plus neutre, nous entreprendrons dans un moment les manœuvres de retour. Dès que nous aurons émergé de la subdistance, il sera possible de communiquer avec Stilde.

Qémaël déplia une jambe et, dans un geste las, tourna la tête vers l'androïde.

— Il ne m'intéresse pas de communiquer avec qui que ce soit, dit-il.

— L'empereur cherchera sûrement à entrer en contact avec nous. Devrons-nous ignorer ses appels lorsque nous les recevrons?

Soupirant, le garçon porta machinalement les yeux sur le chrome poli d'un appareil de contrôle à son côté et remarqua les traits tirés de son visage.

— Non, répondit-il. Annonce que tu nous as retrouvés et promets notre arrivée sur Stilde pour l'aurore du prochain jour. Tu peux également leur apprendre la mort de Saint-Vérati survenue à la suite de violents combats contre les frères de la Seconde Rédemption. Si on demande à me parler, dis que je suis sous l'effet de drogues somnifères.

— Selon Votre volonté.

Qémaël se blottit de nouveau au fond du fauteuil en songeant à goûter aux derniers moments de calme et de solitude de son existence. Même si son être entier se déchirait à la pensée de monter sur le trône impérial, il savait qu'il n'avait d'autre choix maintenant que de suivre cette voie. Fuir l'univers pour des contrées lointaines et inexplorées perdait toute sa poésie et son intérêt sans la douceur de Vanelle à ses côtés.

Vanelle. Qui recouvrerait la santé mais pleurerait à jamais un amour devenu inaccessible.

Quant à lui, les charges accaparantes d'un *naïmbalita* lui permettraient d'oublier son chagrin ; du moins lui permettraient-elles de le remiser dans quelque recoin de sa mémoire en attendant les moments plus calmes où, sous le couvert d'une réconfortante solitude, il pourrait laisser la digue céder de nouveau sous la poussée de l'océan.

Lentement, il se leva et arqua le dos vers l'arrière pour étirer ses muscles endoloris. Il jeta un dernier coup d'œil distrait au *communikat* avant de se diriger vers la porte de l'ascenseur qui le mènerait à ses quartiers. D'un revers de la main, il renvoya le garde du corps qui s'engageait à sa suite et songea avec amertume que ce geste deviendrait chez lui un mouvement bien familier.

Alors qu'il sentait dans son estomac l'effet caractéristique de l'ascenseur en descente, il songea pour la première fois à Djéhilda. L'œuvre d'art vivante. Son esprit avait cherché à la dissimuler à ses pensées ; par respect pour Vanelle, sans doute. Mais cette fois, l'idée s'imposait, une idée insupportable : devenir l'esclave des sentiments qui l'attacheraient à la princesse. Ce n'était pas comme l'amour qui le liait à sa cousine. Djéhilda possédait une beauté artificielle à laquelle il ne trouvait aucun charme de s'éprendre. Pourtant, il savait qu'il succomberait comme il savait qu'il succomberait également à son sens des responsabilités et son rôle de *naïmbalita*. Saint-Vérati avait eu raison. Tout dans son corps et dans son sang repoussait l'idée d'emprisonnement d'une vie menée à la cour, au milieu des faiseurs de courbettes et des intrigues ; pourtant, inexplicablement, tout dans son corps et dans son sang frissonnait du désir de prendre les rênes de cet univers qui, à l'image de son empereur, s'annonçait fort, jeune et beau.

Qémaël se sentit doublement coupable, doublement traître à Vanelle. D'abord, d'avoir eu la faiblesse de laisser Vérati lui offrir le manteau de Commandement Suprême. Ensuite, de préparer son cœur à accepter l'amour de Djéhilda.

Doublement triste.

Mais la machine animée par le destin était pleinement lancée et il sentait bien que rien à présent ne saurait l'arrêter. À l'aurore du prochain jour, il serait mis en présence de la princesse et du trône qui lui revenait ; il ne se cachait plus qu'il leur serait fidèle à tout jamais.

À ses devoirs d'époux et à ses responsabilités d'empereur. Fidèle à tout jamais.

*   *   *

194

LITTÉRATURE

Mourir éternellement
in Requiem no. 20, mars 1978, p. 12

Jadis, tu m'embrasseras
in Requiem no. 21, mai 1978, p. 6 (traduit en ita-
lien et publiée en Europe par «Lucifero»)

La longue interview
in Requiem no. 27, juin 1979, pp. 6, 7 et 12

Les ancêtres
in Solaris no. 30, décembre 1979, pp. 17 à 28
(Prix Dagon)

in Reflets no. 10, juin 1980 (version abrégée)

Depuis la mort de Grand-père
in La Nouvelle Barre du Jour no. 89, avril 1980,
pp. 65 à 70

Le sang des enfants
in Carfax no. 13-14, avril 1986, pp. 15 à 30

Les griffes de l'empire
Roman publié aux Éditions Pierre Tisseyre dans
la collection «Conquête», novembre 1986

Hammurabi et l'oiseau de Marduk
in Temps-Tôt, no. 2 à 6, 1989

Les Enfants d'Enéïdes
in Phénix, (Belgique) printemps 1990 (version
remaniée de «Le sang des enfants»)

Le but ultime
ni Temps-Tôt, printemps 1991

Les moustaches de Baalmoloch
Éditions du Sphynx, (Belgique) été 1991 (œuvre collective)

CINÉMA

Félin
Scénario de film, 1978, long métrage

Jérémie! Jérémie! Il naîtra le divin enfant!
Scénario de film, 1980, moyen métrage

La Muse
Scénario de film, 1980, moyen métrage

Pourquoi tu comprends pas même quand je crie?
Scénario de film, 1981, court métrage

Vous aurais-je si mal aimées?
Scénario de film, 1982, long métrage

Le piano triste
Scénario de film, 1984, court métrage

TÉLÉVISION

Inde ou le rêve insistant
Documentaire, 1989

Les tresses de Civa
Documentaire, 1989

Yucatan, terre des Mayas
Documentaire, 1981

THÉÂTRE

Le parc sans arbres
Théâtre, 1985

Mâle ou femelle, la viande a l'même goût
Théâtre, 1986

Pour hommes seulement
Théâtre, 1988